「嗚哇啊啊啊啊！
伊布莉絲是笨蛋！」

「妳說什麼……！
怎麼可能……」
「妳這樣拚命
用手遮住……
反倒更猥褻吧？」

「可是啊，
說到身材，
還是我最棒吧！」
「唔……」

她——正翩翩起舞。
就在月下，一個人獨自舞動。
那是一種從未見過的舞蹈。
一下婀娜，一下狂野。
看起來就像隨興擺動著手腳——
白雲終於飄動，被掩蓋住一半的月亮現出原形。
原來今晚是滿月。

CONTENTS

Genius Hero and Maid Sister.4

序章 —— P010

第一章
前任勇者尋獲書籍 —— P036

第二章
前任勇者尋找書籍主人 —— P051

第三章
前任勇者要更衣 —— P074

第四章
前任勇者前往溫泉 —— P119

第五章
前任勇者開始露營 —— P167

第六章
前任勇者與神對峙 —— P202

尾聲 —— P225

Presented by Kota Nozomi / Illustration = pyon-Kti

神童勇者的女僕都是(漂亮)大姊姊!?

Genius Hero and Maid Sister.

4

望公太

插畫 ぴょん吉

Presented by Kota Nozomi

Illustration = pyon-Kti

Kadokawa Fantastic Novels

序章

羅格納王國的西方，艾爾特地方。

在一座遠離人居的森林深處，有一幢偌大的宅邸。

席恩・塔列斯克——一位過去曾經拯救世界，卻因為某種內情，無法與人群居的前任勇者，現在就在這樣的邊境生活。

和少年共同生活的人，是四名女僕。

雅爾榭拉。

菲伊娜。

伊布莉絲。

凪。

這四名外貌姣好的女僕們——她們也同樣有著各式各樣的內情，失去故鄉和家人，最後前來投靠席恩。

前任勇者與四名女僕。

他們都是擁有悲痛的過去，無法活在陽光底下的人們。

他們沒了棲身之所，因此在遠離人居的森林深處，過著宛如互舔傷口的日子。

這些遭到世界排除的人們，如今——

「好啊，讚啦啊啊啊啊！看到了嗎？我這壓倒性的強運！」

「咦咦咦！好詐太詐了！沒有人像妳這樣啦！嗚哇啊啊啊啊！再一局！伊布莉絲，再一局！」

在宅邸的某間房內。

席恩正享受著紅茶，一旁卻傳出惱人的喧囂聲。

仔細一看，原來是伊布莉絲和菲伊娜正在玩撲克牌。

不過看散亂在桌上的貨幣，以及兩人極為認真看著手牌的表情，似乎不是單純的玩樂。

「……她們在搞什麼鬼啊？」

「似乎是以薪水為賭注的玩樂喔。」

站在席恩身旁的雅爾榭拉開口回答他。

席恩每個月會支付薪水給在這幢宅邸工作的四名女僕。

至於給的金額，則是包括席恩五個人一起協商的結果——但說實話，數目並不高。

沒有像小孩子的零用錢那麼少……然而頂多也只能算大人的零用錢程度。

席恩是覺得可以再多付一點，何況菲伊娜和伊布莉絲也要求加價。不過雅爾榭拉考慮到宅邸的整體財政，屆則是以為質樸儉約是美德，在兩人的要求下，協議結果就變成現在這個金額了。

說起來，既然住在這幢宅邸裡了，基本食衣住的開銷都由席恩負擔，就算薪水稍顯微薄，對她們的生活也沒有影響。

薪水其實只是為了讓她們用在自己的興趣嗜好上罷了。

（……既然當成薪水付給她們了，我也無意干涉她們怎麼用錢。）

要怎麼使用，是她們的自由。

連怎麼使用都要開口干涉，這實在超出主人的分際了。

席恩是這麼想的。

雖然這麼想——

「好，開牌！太可惜啦！」

「嗚哇啊啊啊！伊布莉絲是笨蛋！」

但在眼前這麼正大光明賭博，就算席恩再怎麼恪守分際，也忍不住想碎唸幾句。

（怎麼辦呢……）

正當席恩懷抱著複雜的心情，菲伊娜她——

「嗚噎噎，小席大人……」

來到席恩身邊哭訴。

「我這個月全部的薪水都被伊布莉絲贏走了啦……」

「妳到底在幹什麼啊……？」

「我都說我不想賭了，伊布莉絲卻強迫我……」

「……我從頭看到尾，只看到妳興致高昂地吼著要決勝負耶。」

「因為因為……我就是覺得今天會贏嘛。」

「……唉，每個賭徒都是這麼想的啦。」

席恩嘆了口氣。

「嘖，不要輸了就假裝自己是被害者啦。反正上個月是妳贏，這樣就算扯平了吧？」

「才不平！妳又沒輸得這麼徹底！」

菲伊娜反駁伊布莉絲後，再度向席恩哭訴：

「嗚嗚，小席大人……讓我預支下個月的薪水吧。」

「到頭來是想要這個啊……」

真是夠了──席恩輕輕嘆了口氣。

就在他苦思著該如何回答時……

「菲伊娜，不行喔。」

雅爾榭拉宛如要先發制人，首先開口說道：

「席恩大人怎麼可能同意預支薪水呢？更別說妳是為了填補賭博輸掉的錢……別這麼不知羞恥。」

「唔……我又沒有問雅爾榭拉妳。」

「教育妳們也是我身為女僕長的職責。像這種跟人要錢的低俗行徑，必須好好調教一番。」

「……我才不是『要』，是『預支』啦。」

「一樣意思。反正妳是自作自受，好好反省一下。」

「唔～～……」

遭到無比正確的言論抨擊，菲伊娜鼓起腮幫子。

「算了，也無所謂。要怎麼使用薪水是個人自由。」

席恩說道：

「下不為例喔，菲伊娜。」

「真的嗎！」

菲伊娜喜形於色，席恩則是點頭說「對」。

如果是預支，他原本就打算同意。

但他認為要是輕易同意，那也不太好。

（不過雅爾榭拉已經替我告誡過了。）

既然女僕長扮黑臉，那他就扮白臉吧。

「耶～我最愛小席大人了！」

「真是的，席恩大人就是太寵她了……」

菲伊娜開心地舉起雙手，雅爾榭拉則是滿臉無奈。

總之這件事算是處理好了。

正當席恩這麼想——

「好極了，伊布莉絲！我好像可以預支薪水，所以再來一決勝負吧！賠率翻倍！我要把輸掉的錢全贏回來！」

「不不不，慢著慢著慢著！」

席恩急忙阻止洋洋得意地回到賭局的菲伊娜。

「小席大人，你很討厭耶～怎樣啦？我好不容易點燃鬥志了耶。」

「……我……我問妳，妳剛才想做什麼？」

「這還用問嗎？當然是挽回我輸掉的錢啊。」

聽見這麼理所當然的回答，席恩覺得頭好痛。

「賭輸了就要用賭局贏回來。這可是常識喔。」

「……那根本是陷入萬劫不復的人的常識。」

「要怎麼用薪水是我的自由不是嗎？那預支的錢要怎麼用，也是我的自由吧？」

「就算是這樣，妳也……那個，該怎麼說啊……應該要更……啊……算了。隨便妳。」

只有借錢的時候低聲下氣，達成目的後就變得不可一世。儘管席恩心底湧現一股想教訓菲伊娜的心情，卻在途中覺得麻煩，就這麼放棄了。

「……結果雅爾榭拉妳是對的。」

「請您寬心。」

席恩大大嘆了口氣，雅爾榭拉則是深表同情。

菲伊娜無視他們兩人，再度沉迷於和伊布莉絲的賭局中。

就在這個時候——

「屬下回來了。」

外出買東西的凪回來了。

「凪，妳回來啦。怎樣啊？妳要不要也加入戰局？」

「嗯……」

面對菲伊娜的邀約，凪稍微思索了一會兒——

「也好，偶爾也該陪陪妳們。」

然後說出這句話。

「咦？真的嗎？」

「菲伊娜，妳這是什麼意思？不是妳邀我下場的嗎？」

「沒有啦，我邀妳來玩，是不該這樣講，可是妳很古板，我以為妳不會碰賭博這種東西。」

「我是沒有很喜歡……但也不算討厭。以前我常和我們一族賭博。不過都是點到為止而已。」

凪一邊說，一邊看著菲伊娜她們手裡拿的卡片。

「那個卡片是叫做撲克牌嗎？」

「哎呀，凪，妳沒看過撲克牌啊？」

「幾乎沒碰過。」

「那玩牌的規則……」

「完全不曉得。」

「這樣啊……那……那妳絕對要玩！」

菲伊娜突然大吼。

「這個很好玩喔！我會從零開始教妳玩！安啦安啦，妳一定很快就學會怎麼玩了！錢也是……一點點，我們就賭一點點！這樣顯得比較認真，遊戲才會更好玩！」

她越說，表情越猙獰。

（……根本是想把人家當肥羊宰。）

席恩在心裡嘆了口氣。

嘴上說得親切，想把初學者當肥羊宰的企圖卻極為明顯。

大概是因為剛才輸光身家，讓她失去了原本的從容。

凪則是沒發現菲伊娜的企圖——

「這樣啊，妳真好心。」

決定請菲伊娜教她。

菲伊娜聽完，見獵心喜，開始說明撲克牌的遊戲規則。

「——然後啊，這樣之後這樣，像這樣湊到牌就算贏了。」

「嗯，原來如此。玩法跟花牌差不多嘛。」

凪興致勃勃地點頭。

不過——

「我大概懂了。可是菲伊娜……」

規則大致說明完畢後，凪說道：

「這種……叫撲克牌的遊戲……就是各自隱藏手牌，在互相虛張聲勢、吹牛中，享受騙到對方多少賭金的遊戲對吧？」

「嗯。」

「這樣的話——對方要是從背面看出底牌花色，不就不用玩了？」

「咦？」

菲伊娜愣住了。

而她的背後……可以看到伊布莉絲瑟縮了身體。

「凪，妳在說什麼啊？怎麼可能從背面看出花色？」

「對對……對啊對啊！菲伊娜說得對！凪，妳在說什麼啊！」

菲伊娜不解地問著，伊布莉絲則是慌了手腳。

但凪的態度沒有動搖。

「不，看得出來啊。」

說完，凪拿起幾張撲克牌。

「乍看之下，每一張的確都一樣……可是右下角這個星星的圖案，每一張都不一樣。應該是看星星的缺角來分辨花色吧。」

凪確認著手上好幾張撲克牌，同時感到不可思議地說著。

「像這樣可以從背面看出花色，自然看得出對方的手牌。我覺得在這種條件下打賭，也沒什麼好玩的……」

「…………」

菲伊娜整個人呆在原地。

在她身後的伊布莉絲手撫著額頭，一臉「完了」的樣子。接著她企圖直接開溜——菲伊娜卻迅速飛撲過去。

「伊～布～莉～絲～妳竟敢陰我！」

「我、我聽不懂妳在說什麼耶……」

「我就覺得奇怪！妳今天突然拿一副新的牌來玩！」

菲伊娜激動地說著，伊布莉絲卻尷尬地錯開視線。

看來她是出老千了。

伊布莉絲拿來的撲克牌是可以從背面的花樣判讀正面花色的種類。

菲伊娜玩的時候完全沒發現，卻在解說規則時，被凪看穿了。

洞察力——說她沒有偏見應該更貼切吧。

正因為凪不懂撲克牌這個東西，從零開始學習，才能注意到平常沒有人會關注的背面花樣。

（對了……菲伊娜邀凪一起玩之後，伊布莉絲就突然不太講話了。）

她大概是怕多了一個人參戰，會讓她出老千的事曝光吧。但硬是阻止人家反而可疑，所以才從頭到尾保持緘默。

「……呿，既然穿幫了，那也沒辦法。」

伊布莉絲一開始還想矇混過關，沒想到卻這麼快就惱羞成怒了。

「我告訴妳，出老千這回事，是上當的人自己笨！」

「唔！就算妳腦羞成怒，我也不會放過妳！剛才的局全部無效！把我的錢還來！」

「哈，先出老千的人明明就是妳！上個月的賭局……居然搞小動作，把手腕上的香水沾在牌上，再靠嗅覺分辨。」

「那……那個才不算老千！只是香水碰巧沾上去而已嘛！即使我用嗅覺分辨出來了，那也純屬巧合，是超合法的老千！」

「怎麼可能純屬巧合啊！妳平常明明不會擦香水！」

雙方你一言我一語。

（兩邊半斤八兩……）

席恩輕輕嘆著氣。

這時候凪有些傷腦筋地來到席恩身邊。

「……看樣子屬下踩到地雷了。」

「別理她們。妳完全沒錯。對了，凪。難得妳學會撲克牌的規則了，要跟我還有雅爾榭拉一起玩嗎？」

「可以嗎？」

「是啊。」

「這個主意不錯。那麼我去拿撲克牌過來。拿背面沒有動手腳的普通牌組。」

「拜託妳了。我們不用籌碼，開心地玩吧。」

在席恩的提案之下，他們三人決定一起玩牌。

接著雅爾榭拉將撲克牌拿來，並發牌給他們。

「這個……」

「凪，怎麼了？」

「首先丟出一張不要的牌就行嘍。」

「是這樣沒錯……」

凪盯著手牌，苦惱地說著：

「如果沒有要丟的牌，那該怎麼做呢？」

「……咦？」

席恩頓時僵在原地。

「呃，凪……可以讓我看看妳的牌嗎？」

「好的。」

凪不明所以地攤開手牌——席恩差點把嘴裡的茶噴出來。

因為她手上的牌——

分別是紅心一、二、三、四、五。

「屬下記得……這是同花順沒錯吧？」

「是……是啊。」

席恩有些尷尬地點頭。

（第一把就同花順……）

在撲克牌的牌型中，同花順是很強的牌型。

照理說，湊齊的條件相當困難……沒想到一個這輩子第一次玩的人，竟然第一把就湊齊了。

「……雅爾榭拉，妳做了什麼嗎？」

發牌的人是雅爾榭拉。

她可能會為了第一次玩的凪，給她較強的手牌，以示體貼。

「……不，我什麼都沒做。」

但看來雅爾榭拉什麼也沒做。

她也是一臉驚訝。

照這樣看來，第一把就湊齊同花順純粹是凪的運氣問題。

「主公……這是很強的牌型嗎？」

「是啊……很強。沒換牌就突然拿到同花順是一件很了不得的事。」

「第一把就湊成牌型……這就像花牌裡的『喰付』或『手四』吧？」

「……應……應該是吧。」

席恩雖然知道花牌這種卡片遊戲存在於東方的島國，卻不懂它的規則。

「那麼以點數來說，這樣是幾點？」

「不，撲克牌的牌型沒有算點數，只有強弱之分……用自己的牌型決定下多少賭注就是撲克牌的醍醐味。」

「嗯……」

「第一把就拿到同花順是很了不起的強運……不過冷靜下來思考，可能也不是什麼好事。」

「是這樣嗎？」

「如果不願拆牌，只要別交換手牌就行了……可是這樣等於向對手宣布自己的牌型很強。這麼一來，對手很快就會認輸。一旦對手認輸，難得拿到一手好牌，也無用武之地。」

「噢，原來如此。」

「反過來說，就算手牌全都派不上用場，也可以靠虛張聲勢或吹牛，讓對手棄權。這種鬥智也是玩撲克牌的樂趣。」

「這門學問真深。」

凪一臉佩服地說。

「不過妳好厲害。我還真沒想到同花順會突然跑出來。」

「……經您這麼一說，我記得凪很擅長博弈吧？」

雅爾榭拉回想往事說著。

「以前在魔王軍中，有一種低俗的活動，是讓抓來的魔獸互相戰鬥，然後賭誰輸誰贏。凪也曾經因為應酬性質，參加過這個活動……不過我好像沒看過她輸的模樣。」

「真、真的嗎？」

「不，那都是碰巧。是屬下運氣好罷了。」

凪以謙遜的口吻繼續說：

「賭博這種事，屬下在祖國也只為了應酬玩過幾次……」

「妳在故鄉的時候很強嗎……？」

「很強嗎？屬下也不清楚。因為和屬下比的人不知道為什麼，最後都說再也不和屬下賭，然後就走了……所以屬下賭博的次數非常少，不曉得到底強不強……」

「…………」

「就連屬下陪同去賭場，也常常被禁止出入。屬下覺得自己應該沒做什麼壞事才對……真是不可思議。」

「…………」

席恩啞口無言。

（我看只是凪本身沒發現，其實她很有賭博的才能吧……）

究竟該不該讓她發現自己有這種才能呢？

正當席恩這麼想時——

「……欸欸，小席大人。」

理應還在吵架的菲伊娜來到席恩身邊，叫了他一聲。伊布莉絲也站在菲伊娜身後。

「怎麼了？」

「我們也想加入這邊耶。」

菲伊娜裝可愛，歪頭這麼說道。

「……有什麼企圖？」

「才沒有咧。因為我看你們好像玩得很開心呀，弄得我覺得吵架很蠢。對吧，伊布莉絲？」

「畢竟繼續吵下去也不能怎樣。」

「……我們不賭錢喔。」

「我知道啦！」

「那就隨妳們高興吧。」

「耶～我最愛小席大人了！」

這下菲伊娜和伊布莉絲也加入，成了五人牌局。

雅爾榭拉替所有人發牌。

「……不過你們不這麼覺得嗎？玩撲克牌不賭錢……沒什麼幹勁耶。」

「我說過不賭錢了。」

見伊布莉絲一邊看著自己的手牌，一邊慵懶地說著，席恩也馬上告誡。

不過席恩也稍微懂伊布莉絲的意思。

與其較量手牌的強弱，確定手牌後的鬥智才是撲克牌的醍醐味。玩撲克牌沒有賭注，說實話是有點美中不足。

「啊。不然我們賭錢以外的東西嘛！」

菲伊娜雙眼一亮地說。

「錢以外的東西……？」

「比方說……衣服？」

「衣服！」

席恩差點噴出口中的茶，然而菲伊娜不懷好意地笑著往下說：

「輸的人要一件一件衣服慢慢脫……換句話說，這是脫衣撲克牌。」

「別、別開玩笑了，我怎麼可能跟妳們賭這個！」

儘管席恩發出大叫——

「哦，不錯嘛。就是要有點風險才叫賭博嘛。」

伊布莉絲卻是興致都來了。

「也、也就是說……如果我贏了，席恩大人就要脫衣……！如果我輸了，就能合法脫衣，向席恩大人展現我的肉體……！不論輸贏，都是天國……！太、太棒了……世上竟然存在這麼幸福的賭局！」

雅爾榭拉也湧現方向錯誤的幹勁。

「好，五個人裡有三個人同意，達成多數決了！」

菲伊娜宛如誇耀勝利般的大聲宣布。

「呃……喂，妳們……」

儘管席恩試圖發聲……

「至於規則呢——」

菲伊娜卻已經沒在聽他說話了。

「幾局定勝負實在太麻煩了，而且要玩很久，所以簡單一點吧。我們五個人一起開牌，最弱的人就脫。」

「喂……」

「啊……可是這樣感覺也會比很久。不然給牌型強的人一點紅利吧。湊到同花順和鐵支的瞬間，就算獨贏。贏家以外的所有人要脫兩件衣服！然後拿到同花大順的人……就算抽到上上籤，除了贏家，所有人都要直接脫到全裸！」

「我……我根本沒說我要賭……」

「有趣。我不討厭這種賭博要素。」

「呵呵呵，要我多脫一倍也無所謂喲。」

三人興致勃勃的情緒，就這麼淹沒席恩的抗議聲。

（……可惡，算了，我不管了。）

席恩放棄勸說。

除了捨命陪君子，已經沒有別條路可走。

幸好規則並沒有非常脫離常軌。既然只有輸的人會一件一件慢慢脫，那遊戲剛開始應該不會出什麼大事。

只要暫時配合她們，在遊戲中思考突破手段就行了。

「……唉。好啦，來玩吧。」

「不愧是小席大人，就是通情達理。那我們輪流換牌吧。我先換兩張。再來換凪嘍。」

「我看看……」

此時凪露出非常苦惱的表情。

「剛才的解釋屬下聽得不是很懂……到頭來，在這個遊戲中，如果沒有必要換牌，該怎麼辦才好？」

因為她的一句話——現場所有人都定格了。

「呃，凪……總之妳先攤牌給我們看看。」

席恩以顫抖的聲音說著。

所有人看著凪攤開的手牌，全都訝異得停止呼吸。

黑桃十、J、Q、K、A。

毫無疑問——是同花大順。

「…………」

所有人都鴉雀無聲。

只有凪一個人一臉不明所以。

（凪她……她果然……有某種……某種可怕的運氣。）

天運、強運、賭才……席恩不禁覺得凪一定擁有只能用這種詞語形容的某種特質。

（……不，不對！現在不是發呆的時候！）

根據菲伊娜即席擬定的脫衣撲克牌規則。

一旦出現同花大順——

「……呼——好，脫吧。」

菲伊娜充滿覺悟地說道，隨即開始寬衣解帶。

「呃……喂，菲伊娜。」

「沒辦法了。賭輸了畢竟不能賴帳嘛。」

伊布莉絲發揮多餘的乖巧，毫不猶豫地開始脫衣。

「真是的，事情居然變成這樣……實在幸運……不對，真是不幸呀。」

雅爾榭拉以懊悔的聲調說著，嘴角卻揚起一抹藏不住的微笑。

賭輸的三名女僕各個不拖泥帶水，逐一褪去身上的衣物。

沒脫的人，只有席恩一人——

「好了，小席大人，你要乖乖脫喔。」

「別……別開玩笑了，為什麼我要……」

「你都答應要賭了，願賭不服輸很詐喔。」

「唔……」

席恩說不出話來。

此時菲伊娜的身後，正上演著伊布莉絲拉著凪的手的戲碼。

「來，凪，這是贏家的特權。妳可以去脫少爺的衣服喔。」

「別、別鬧了，伊布莉絲！開什麼玩笑……我怎能對主公做出如此暴行……」

「不然呢？難道妳想讓少爺……變成那種會毀約的窩囊男人嗎？」

「什……」

凪露出極度為難的表情。

而雅爾榭拉則是緩緩靠近席恩。

「席恩大人……要我協助您脫衣嗎？」

「慢、慢著，雅爾榭拉……而且妳未免也脫太快了吧！為什麼已經脫掉一半以上了！」

「因為我奉行的主義，是願賭就要馬上服輸。」

「妳絕對是亂說的吧！妳一定有別的企圖對吧！」

「您說呢，席恩大人……」

「小席大人，脫啦，快脫。」

「少爺，你這種時候開溜，可沒有男子氣概喔。」

「主、主公！屬下罪該萬死，都是屬下的錯……！屬下也會負起責任，和您一起脫！」

已經半裸的女僕們都要席恩也脫衣，不斷逼近。

（為……為什麼我要遇到這種……！）

被逼得無路可退的席恩——

「啊啊！那是什麼！」

決定用古典的方法逃跑。

「咦？什麼什麼？有東西嗎？」

「……啊。奇怪！少爺不見了！」

「難道席恩大人……大喊一聲『那是什麼』，誘導我們的視線看向別處，自己趁著一瞬間的空檔逃走了嗎……！」

「真是神機妙算……不愧是主公。」

「現在不是佩服小席大人的時候！我們得快點追上去啊！」

四名女僕被主人搶得先機。

席恩就這麼衝出房間，在走廊狂奔。

「……妳們這些人，把我耍著玩也該有點限度啊。」

這句老掉牙的台詞之所以顯得沒什麼氣勢，是因為他好歹也算參與了賭局，卻半路逃跑，讓他感到有些過意不去。

這時候，女僕們終於發現席恩。

事態演變至此，一場半裸的美女們追逐少年的奇異捉迷藏，就這麼在宅邸內上演。

他們是背負著悲痛過去，並遭到世界排除的人們。

但不知為何，他們今天看起來也非常開心。

宅邸的地下室——

在一個五平方公尺的空間中，四個角落豎立著魔石加工製成的柱子。

而地上則是——畫有一個偌大的魔法陣。

魔法陣的紋路精細又複雜，占滿了整個空間。

這裡原本是雜物間，但席恩將之改造成儀式用的房間。

他們平常會用這個房間進行「眷屬契約」。

兩年前——

自從席恩殺死魔王的瞬間，他就被下了詛咒。

承受了「魔王的刻印」後，他隨即成了永遠會持續吸食他人性命的怪物。

為了抵抗席恩的能量掠奪，現階段唯一的方法就是「眷屬契約」

這股力量雖會持續無差別地吸取萬物的生命，卻不會吸取身為宿主的席恩性命。

那麼只要成為接近席恩的存在——也就是成為眷屬，或許就能弱化能量掠奪的力量。

他們以這個推論為根基，進行多次實驗，最後獲得成功。

只要定期將血液和魔力注入女僕體內，同化彼此的魔力波長，就能誤導詛咒的力量。

不過這個方法離完善還有一大段距離。

因為她們都是高階魔族，才有辦法承受這種強硬的方法，此外還要定期讓她們攝取血液，並舉行儀式才能確保無虞。

這個地下室平常就是為了這個目的而使用的空間——

這幾天席恩卻在這裡——進行完全不同的事務。

「……嗯。」

席恩雙手交叉在胸前，陷入沉思。

他的視線前方，擺著一把散發神聖氣息的劍——也就是聖劍。

它被靜靜放置在地上那道魔法陣的中央。

聖劍。

指的是從前眾神憐憫人類的脆弱，為了人而做的劍。

只要是人，任誰都能使用，是一種極為強力的兵器。

大陸上有著各式各樣的聖劍，每一把聖劍的外形和能力都不同。其中有許多聖劍非常有名，各國都知曉其名。

然而——

「…………」

現在眼前這把聖劍——卻是席恩不知道的聖劍。

甚至是連古今東西的文獻也沒有記載的未知聖劍。

前幾天——

在席恩介入奴隸運動引起的騷動中時，和敵人召喚的史萊姆交戰。

雖說是史萊姆，但不是現在常見的果凍狀小生物。

那隻史萊姆能無限增殖那副巨大的液態身體，而且身上散發瘴氣，是隻會企圖吞噬一切、沒有知性的怪物——

據說那是存在於古代魔界的原始史萊姆。

席恩打倒那隻史萊姆後，就得到了——這把未知的聖劍。

會是至今都尚未被發現的聖劍嗎？

或者——

是新產生的聖劍？

從不該出現在現代的魔物體內取出一把不該存在的劍——

「打擾了。」

正當席恩獨自思索時，地下室的門被打開了。

出現的人是準備了茶點的雅爾榭拉。

「席恩大人，您要不要休息一下呢？」

「雅爾榭拉……」

「畢竟您最近一直把自己關在地下室……」

「……也對，稍微休息一下吧。」

席恩點頭後，走到擺放在地下室角落的茶桌坐下。雅爾榭拉也將茶杯放在茶桌上，並倒入紅茶。

「那麼席恩大人……請問聖劍研究得如何了呢？」

「嗯……唉，該怎麼說呢？」

席恩思索著言語。

這幾天，席恩關在地下室持續進行的事務就是——調查聖劍。

他用盡各種方法調查這把從史萊姆體內拿出的聖劍。

地下室的魔法陣雖是為了「眷屬契約」而畫的，但只要稍微更動細節，就能另做他用。

對劍施加魔法攻擊，讓魔法穿透內部以掌握材質——席恩利用自製的魔法陣反覆做了各種測試。

一切都是為了徹查這把未知的聖劍——

「從結論開始說的話……這把劍雖然是聖劍，卻也不是。」

「……？」

雅爾榭拉聽了一臉莫名。

這也難怪。

席恩自己也還沒完全掌握這把劍，因此不管怎麼解釋，都只能選擇曖昧的言語。

「聖劍的特性中，有甚至能超越高階魔術的祕技……」

以羅格納王國代代相傳的三把聖劍為例。

啃食質量的「薩格勒」。

掌管流動的「利特」。

以及——掌握距離的「梅爾托爾」。

「但這把聖劍……完全沒有那類特性。」

「意思是，這是一把無法引發超常現象的聖劍是嗎？」

「沒錯。而且……它甚至不具備所有聖劍共通的對魔屬性。就算拿這把劍攻擊魔族，也沒有多大的效用。就跟普通的劍差不多。」

「……不能用超乎常規的祕技，就連對魔屬性也沒有。那麼……不就沒辦法稱作聖劍了嗎？」

「是啊。這把劍幾乎沒有一般世間定義的聖劍該有的特徵……不過——它使用的素材和聖劍一樣。」

「…………」

「不對，嚴密地說，是不是一樣還不明瞭。我只知道它用的素材和聖劍一樣，是不可能存在於這片大陸的東西。」

聖劍據說是由眾神製作，就算到了現代，它的素材和精製方法依舊不明。無論怎麼調查，人們都無法理解。

反過來說——

既然這麼拚命調查都搞不懂——既然已經知道素材和精製方法不明，那麼運用反向思考，它是聖劍的可能性的確很高。

「的確……它的氣息和聖劍很相似。雖說沒有聖劍的特性，但我不覺得它是一把普通的劍。若說是仿造品……人類應該不可能做出這種東西。不，連我們魔族也不可能。」

雅爾榭拉一邊看著擺在地上的聖劍，一邊陷入沉思。

「所以——您才說它是聖劍，卻也不是嗎？」

「是啊，就是這樣。」

「既然如此，這把劍究竟是……」

「根據我的推測——這個大概是原型吧。」

席恩說道。

「您是說原型嗎？」

「這是賦予聖劍特性前的聖劍……所以是原型。」

原型。

這是席恩經過這幾天研究，導出的結論。

「聖劍據說是神製作的——假設這不單是傳說，而是事實……那麼我猜神在製作聖劍時，不管最後想做出什麼，都要先經過這個原型程序。」

眼前這把聖劍大概只是原型，還是尚未完成的狀態。

若是現在給它引發超常現象的特性或是對魔屬性，聖劍就會獲得聖劍的力量。

「我是第一次聽說聖劍還有這種狀態。」

「我也一樣。以前不管看什麼樣的文獻，都沒有記載這件事實。又或者……這是史上第一把出現在地表的原型聖劍。」

「為什麼這種東西會在史萊姆體內……？」

「……誰知道。」

席恩閃爍其詞。

但其實——他的腦中有個假設。

不對。

那並非是「假設」這麼具體的東西。

別說假設了，那甚至不算推論，而是近乎妄想的預測。

說得更簡單一點，其實就是單純的直覺。

（……不該存在於現代的史萊姆，以及不該存在的原型聖劍。）

假設前一陣子席恩身上發生的現象並非偶然——而是某人設計好的事。

那麼那個人——就擁有超越人智的力量。

現代無論哪個魔術師，無論哪個高階魔族，都不可能變出原始史萊姆或原型聖劍。

（假設那隻史萊姆——是以我會將其打倒為前提，而被送過來的……）

能將任何攻擊和魔術無效化的原始史萊姆。

周遭盡是沒有戰鬥力，必須守護的人們。

在這種狀況下——席恩會毫不猶豫使用右手的力量。

「真呼吸（No breath）」。

一旦被那隻手碰到，生命就會被連根吸收殆盡，是一隻受詛咒的手。

要打倒那隻史萊姆，席恩的能力是最適合的。

但這未免也太剛好了。

簡直宛如為了讓他發動能力一樣。

所以席恩他——在使用能力之前，感受到一股強烈的異樣感。

感覺就像一切都照著某人的意思行動似的——

那是沒有證據的直覺。

但席恩選擇相信他的直覺，擬定了策略。

在使用能量掠奪時，首先切斷自己的右手腕。

造成只有右手斷肢發動能力，吸光史萊姆的生命。

最後——

只剩這把聖劍留在史萊姆消失的地方。

（如果我當時直接用右手打倒史萊姆……）

要是用「真呼吸」連根吸光史萊姆的生命——這把原型聖劍恐怕也會一同被吸收。

就跟被他吸收的「梅爾托爾」一樣。

若是利用能連根啃食各種生命的能量掠奪，確實有辦法改寫聖劍的特性，並容納體內。

（……但吸收聖劍不是那麼簡單的事。我是因為過去有使用「梅爾托爾」的經驗，才有辦法吸收。）

席恩不知道他有沒有辦法用同樣的方式吸收其他聖劍。

不過——

（如果是原型狀態的聖劍——應該能輕鬆辦到。）

憑感覺就能知道。

沒有聖劍的特性，純粹是素材的聖劍。

既然沒有專屬特性，吸收時就不會構成障礙。

（又或者——某人的用意就在此，所以才會利用還是原型的聖劍？）

為了方便席恩吸收。

為了不讓他意識到聖劍的存在，順利吸收至體內。

綜合所有狀況，席恩越想越覺得這把聖劍是為了被他吸收才出現的。

（諾因……）

這時他腦中浮現的人，是過去在那場武鬥大會相會的少年。

他是一名和席恩外表相似的奇妙存在。

其實席恩完全沒有證據證明這是他搞的鬼。

然而——不知為何，對方的臉總會閃過腦海。

這是直覺，或者該說，他的本能始終懷疑整件事與那名少年有關。

「……席恩大人？」

見席恩陷入沉思，雅爾榭拉擔憂似的窺探他的臉龐。

「呃……噢，沒事。我只是稍微想了一下。」

「這樣啊……」

雅爾榭拉依舊感到不安。

席恩開始享用點心，也拿起紅茶啜飲。

「謝謝妳，雅爾榭拉。我休息好了。我還要在這裡多調查一下聖劍。」

「請您不要太勉強自己喲。」

「我知道。」

雅爾榭拉走出地下室，席恩再度與聖劍對峙。

（好了，該怎麼辦呢？）

席恩從椅子上站起，一邊在腦袋裡思索，一邊繞著魔法陣走。

（剛才調查了和「梅爾托爾」的共鳴反應，就再檢驗一次吧。這次稍微改變一點負荷

──嗯？）

想到這裡，席恩被某種東西吸引了目光。

那是擺在地下室一隅的老舊書架。

席恩收藏的書大部分都放在宅邸的書庫，所以不怎麼使用這個書架。上面只放著以前帶過來的幾本書，幾乎可說是空的。

不過吸引目光的是該書架的——後頭。

牆壁與書架的夾縫間，似乎有某個東西遺落在那裡。

「這是什麼？」

席恩伸手撿起——發現那是一本書。

是一本白色裝幀的書。

大概是因為掉在縫隙中，書上積了一點灰塵。

（……嗯？）

那是席恩沒見過的書。

席恩對這幢宅邸的書一清二楚。

這不是他現在擁有的書，也不是以前看過的書。

（不是我的書……感覺也不是以前就放在宅邸的書。）

席恩住進這幢宅邸是兩年前的事。

女僕們來到這裡一起住則是一年前。

如果是以前就放在宅邸裡的書，應該會積了更多灰塵，書本身也會破損。

（那麼是哪個女僕的書嗎？）

到底是誰的？

席恩一邊思考，一邊開始翻閱。

女人白皙的手指纏繞著稚嫩的花莖。

少年的身體隨之發出顫動。

見少年敏感的反應，女人露出滿足的笑意。

「呵呵呵，怎麼啦？我只是摸而已喲。」

「因、因為我……是第一次……」

「你什麼都不必擔心。姊姊我……會讓你很舒服。」

女人揚起一抹猥褻的笑容，接著大大張開妝點過的紅唇，一口氣將少年的肉棒——

「……嗚……嗚哇啊啊！」

席恩獨自發出慘叫，用力闔上書本。

他的心臟狂跳不已。

反覆幾次急促的呼吸後，席恩重新定睛看著手上的書。《淑女的入門指導》——剛才

不覺得有什麼而忽略的書名，現在突然變得很生動。

「這、這是……」

席恩以抖動的聲音獨自大叫：

「這是——色情書刊啊！」

第二章

前任勇者尋找書籍主人

Genius Hero and Maid Sister.4

對席恩‧塔列斯克這名少年來說，所謂的「性」——也就是人常說的羶色腥……是一種無法用一句話說完的困難感情。

他並非沒有興趣。

他和常人一樣感興趣。

同時卻也常帶著一種避諱的感情，覺得不能思考那種事。

席恩在魔術的領域發揮壓倒性的天才實力，就算是其他學問也擁有稀世的才華。文學、醫學、算數、戰術感官……他在這類領域的造詣同樣非常深。憑著才華和努力，拓展了各式各樣學問。

想當然耳——

其中也包括——關於性的知識。

就醫學上的意義來說，他明白孩子是怎麼來的。

但或許該說理所當然——這些學術性的知識，和本能上的性慾是兩回事。

以醫學的觀點來思考男女之間的床笫之事，或是以經濟學的觀點來思考性產業，這些他都不排斥。

然而——

一旦要面對自己的性慾，便會嚴重抵抗，並感到羞恥。

這就是席恩對性的感情。

若用極為簡單的方式來說——

「不是沒興趣，可是總覺得那種事不太好，更何況被人知道『自己對性有興趣』，實在太丟臉了。」

——就是這種狀態。說白了，這樣的精神狀態其實和隨處可見的青春期少年相同。

「…………」

席恩頂著比平常嚴肅的神情，躡手躡腳走過走廊。他好幾次回過頭，不斷左右張望。

而他的手裡——就拿著剛才撿到的色情書刊。

他將書籍藏在身後走著。

（不、不要誤會了！我可不是想看！）

席恩開始在心中自言自語。

（我是覺得這本書一直被丟在那裡很可憐！對，我的行動都是為了這本書著想！）

他死命找藉口。

（身為一個愛書之人，我只是做了理所當然的舉動。嗯。書本不分貴賤。不管是什麼書，都應該秉持著愛，慎重對待。就算是……色……色情書刊也一樣……）

一旦意識到手裡拿著色情書刊，席恩再度感到羞怯，整張臉都紅了。

他還沒看過這本書。

不過只要稍微翻閱，就能知道這是什麼類型的書籍。

席恩自豪擁有卓越的速讀能力，但如今這個能力完全起了反作用。

光是粗略翻閱，他便有了某種程度的理解。

這本書正是所謂的——官能小說。

以描寫男女魚水之歡為主的愛情故事。

書中還有幾幅插圖。

其內容……是一名淑女指導另一名尚且年幼的少年性知識。

對席恩而言，實在不是能以平常心閱讀的內容。

（……我……我得找到書的主人。）

之所以把書拿出來，是為了尋找書籍主人。如果對方因為丟失而傷腦筋，席恩也想還給她，更重要的是，席恩已經不想把這本書繼續放在地下室了。

他只想找書籍的主人。

絕對不是為了自己要看。絕不是。

（可是……仔細想想，如果只是為了找主人，應該不用特地拿出來吧？萬一被誰看到我拿著這種東西——）

「哎呀，少爺？」

「嗚、嗚哇啊啊啊！」

突然有人呼喚，讓席恩下意識倉皇大叫。

他還以為心臟會從嘴巴跳出來。

他一邊調整呼吸，一邊抬頭，發現站在那裡的人是伊布莉絲。

「怎……怎麼啦，少爺？怎麼發出那麼誇張的慘叫？」

「是妳啊……受不了，不要嚇我。」

「我哪有？我只是跟平常一樣叫你啊。」

「妳……妳在這種地方閒晃，工作都做完了嗎？」

「做完了啊，我今天還算做得比較認真喔。」

「這……這樣啊。那就好。」

「少爺，你好像怪怪的耶。」

「我才不怪！我一點也不怪！」

伊布莉絲一臉不解。

儘管席恩拚命裝沒事，內心卻是極度慌亂。

原因不用說，當然就是藏在身後的色情書刊。

（慘……慘了……要是被她知道我拿著這種東西走動……）

鐵定會被捉弄。

一定會誤會是他的私物。

到時候不知道會被說些什麼。

伊布莉絲也有可能是這本書的主人……但假如不是，風險實在太高了。

（絕對要藏到底！）

「話說回來，少爺……你從剛才就把什麼東西藏在後面？」

「唔咦！」

席恩的決心全白費，一秒就被識破了。

應該說，他打從一開始就很可疑。

「我、我沒有！我根本沒藏什麼！」

「你很明顯就是藏了東西啊。」

伊布莉絲開始企圖窺探席恩的背後，但席恩也拚死阻擋。

「嗯？是什麼書嗎？」

「才、才不是！絕對不是書！」

「可是不管怎麼看都像書啊。」

「……我……就承認是書吧。好，我承認是書。」

「幹嘛弄得這麼高高在上……？請讓我看一下嘛！」

「什！為、為什麼啊，伊布莉絲！妳明明平常根本不看什麼書！」

「如果是你這麼拚命想藏的書，我就很好奇啊。」

「唔……不、不行！只有這個絕對……！」

「……啊。」

「咦？」

「有機可乘！」

「啊……啊啊啊啊！」

席恩中了一個非常基本的圈套。當他被伊布莉絲往旁邊看的舉動誘導，錯開視線的瞬間，背後的書便被搶走了。

「嗯～哦，這是……」

伊布莉絲快速翻閱搶來的《淑女的入門指導》。

「……唔！」

席恩因過於絕望與羞恥，甚至忘記反駁，只是愣在原地——

「原來是這樣啊。」

但伊布莉絲發出豁然開朗的聲音後——

「來，拿去。」

將書還給席恩。

「咦……」

「那我要回去工作了。」

「伊……伊布莉絲……」

「放心吧，我不會跟別人說的。」

伊布莉絲露出一抹溫柔的微笑，接著轉身。

「下次看的時候，記得不要被別人發現喔！」

同時輕輕揮手離去。

面對這個意料之外的反應，席恩愣在原地，一句話都說不出來。

（她……她沒有捉弄我……？）

席恩還以為絕對會被捉弄。

他還以為自己拿著色情書刊，絕對會被伊布莉絲取笑。

可是她——什麼也沒說。

她並未深究，反而離去。

還露出彷彿接納一切的溫柔微笑——以「我知道，我都知道」的態度。

以某種角度來說，這或許是身為女性最理想的處理方式。

沒有大肆宣傳，選擇忽略。

面對一個色情書刊被發現的少年，這樣的應對方式或許是最不傷人的出色做法。

可是——

「……不不不！慢著慢著慢著！」

回過神的席恩急忙追上伊布莉絲。

因為若不解釋清楚，她恐怕會永遠抱著這個天大的誤會。

「我叫妳慢著，伊布莉絲！妳一定誤會了！」

「誤會什麼啊，少爺？你不用擔心……我真的不會說出去。」

伊布莉絲無奈地說道。

「畢竟少爺你……好歹也是個男的啊。這點小事很正常啦。我不會消遣你的，放心吧。」

「不對！不對啦！這不是我的書！」

「好好好，知道了。我會當成不是你的書。」

「不是，就跟妳說不對啦！我說的是真的！不要用欣慰的眼神看著我！不要露出那種妳什麼都知道的笑容！」

「你不用這麼拚命沒差啦。因為我會站在你這邊。」

「唔……妳……妳別鬧了……！不要偏偏這種時候變得這麼明事理！妳……妳真的誤會了啦……」

之後，為了讓徹底進入「我都知道」模式的伊布莉絲了解真相，席恩費了好長一段時間。

「這可不是我的喔。八成是雅爾榭拉的吧？」

伊布莉絲了解真相後，說出這句話。

（總而言之……應該不是她的了。）

席恩和伊布莉絲分開後，再度獨自走在走廊上。

他在腦中繼續推敲誰會是書籍主人。

（反正應該不是瓜的。按照常理思考，不是雅爾榭拉就是菲伊娜她們的……可是菲伊娜她到現在還不太會認人類的字。）

如此一來──用消去法之後，就剩下雅爾榭拉一個人了。

（……快點拿去給她吧。不然事情又會變得很麻煩──）

「哎呀，小席大人。你拿著什麼啊？我看看，借我一下，讓我摸摸嘛。」

不祥的預感完美應驗。

菲伊娜不知道從哪裡蹦出來，席恩還沒說好，就擅自拿走他手上的色情書刊。

「呃……什……」

「這是什麼？」

「那是……」

「又是很難懂的書？」

「……沒……沒錯。是一本很難懂的書！」

席恩拚死胡扯。

「是我平常在看的，很正常的艱澀書籍。」

「是喔。可是我看你拿得很慎重耶。」

「我、我沒有！我很普通，普通！」

為了不被別人發現，席恩很努力藏在身後，然而看在旁人眼裡，卻只顯得極其不自然。

「總、總之快還我。因為……那很難懂不是嗎？就算妳看了，也不會覺得哪裡好看吧？」

「咦？真奇怪。如果是平常，你明明會說：『妳偶爾也要看看書。我來教妳認字。』」

「……我……我改變想法了。每個人都有適合和不適合的事。我最近開始覺得，妳照自己的方式活下去就好了……」

「是嗎？感覺好可疑。」

「別問了，快還我。快點把我的書還來。」

「才不要～看你這麼可疑，我要檢查內容。」

「什！」

儘管席恩想出聲制止，也已經來不及。

菲伊娜翻開書本，開始閱讀內容。

雖然她看不懂人類的文字，這本《淑女的入門指導》卻附有插圖。

就算看不懂字，也能掌握某種程度的內容。

「嗯嗯？」

菲伊娜翻開書本的瞬間，便露出驚訝的表情。

「……哦。哦～～」

接著滿臉浮現極為欣喜的笑容。

「嗚哇～嗚哇！這是A書耶！」

「……唔！」

「呀！小席大人在看A書！所以你才拚命藏起來啊！哦～小席大人果然對這種事有興趣！」

用盡全力。

菲伊娜用盡史上最大的力氣捉弄席恩。

相較於伊布莉絲完美應對青春期少年拿著色情書刊的手法……菲伊娜的應對方式，卻是所有想得到的選項中最糟的。

「……才、才不是。那不是我的書。」

「你又想找藉口了。這樣沒有男子氣概喔。」

「我說的是事實！那不是我的書！」

「可是你剛才不是說這是你的嗎？你說這是你平常在看的艱澀書籍。」

「那是我……」

「嗯～原來你平常都看這種書啊？啊哈哈，就某個意思來說，可能真的是很難懂的書吧。」

「……唔！」

「啊，你該不會平常都在我面前看這種書吧？因為你知道我看不懂字，就放鬆戒心了？或者是那種玩法？嗚哇～小席大人你真是個超級大變態！」

「……妳……妳啊……」

菲伊娜變得比平常還要能言善道，持續貶低席恩。

（可惡……我……我該怎麼辦？）

照這個樣子看來，不管席恩怎麼辯解都沒用了。菲伊娜很有可能認為席恩在遮羞，而不聽他解釋。那麼該怎麼辦呢？

正當席恩拚命思索如何突破僵局時——

「啊，是凪。欸欸，凪，妳來一下。」

原本以為是糟糕透頂的狀況，這下更糟了。

菲伊娜故意呼喚碰巧經過的凪過來。

「怎麼了，菲伊娜？有什麼事嗎？哎呀，主公也在……」

「嘿嘿嘿，凪，妳看看這個。」

「呃，喂……」

席恩又來不及阻止了。

菲伊娜雙手翻開畫有插圖的頁面，就這麼拿給凪。

凪接過攤開的書本，視線直接落在上頭——接著臉上明顯一陣潮紅。

「什……什什！」

凪一邊發出不成語句的叫聲，一邊用力闔上書本。

「菲、菲伊娜！這是什麼啊！」

「這個啊，是A書！」

「妳……妳這個蠢材！光天化日之下，給我看什麼東西啊！」

凪面紅耳赤地吼完後，偷偷看了席恩一眼。

「……難道妳拿著這本下流的書給主公看，藉此揶揄主公嗎？妳這傢伙……簡直恬不知恥！」

「嘖嘖嘖，妳猜錯了。」

面對滿臉羞恥和憤怒大吼的凪，菲伊娜輕輕擺動手指。

「這本書是小席大人的東西喲。」

「開什麼玩笑，妳以為我會相信這種謊言嗎？」

「我才沒有說謊。是我剛才發現小席大人偷偷帶著走的。你說是不是，小席大人？」

「哼！妳認真覺得這種胡言亂語我會信以為真——」

「我……我帶著走這點的確不假。」

「……咦！」

凪驚訝地瞪大了眼睛。

「這……這是真的嗎，主公？」

「……是真的。不過……」

「怎……怎麼會……」

不等席恩把話說完，凪就當場跪倒了。

「主……主……主公居然私藏這種下流的書籍……」

「慢著，凪……妳好好聽我把話說完——」

「——凪，我覺得妳這樣不太好。」

席恩的話又被蓋過去了。

菲伊娜以有些傻眼的眼神睥睨凪。

「小席大人有A書根本沒差吧？妳這樣大受打擊，小席大人太可憐了。」

「可……可是……妳想啊，主公是有遠大抱負，而且才氣煥發的偉大傑出人物，怎麼可能沉迷這種低俗的書籍……」

「那是妳自己先入為主吧？」

菲伊娜說道：

「凪妳啊，是不是把自己的理想加諸在小席大人身上啦？」

「妳、妳說什麼……！」

凪驚愕不已。

「……妳們兩個，聽我說——」

儘管席恩出聲，依舊被忽略。

「妳單方面認定『應該要這樣』，擅自崇拜奉承，要求小席大人要清廉潔白——妳這樣不覺得很空虛嗎？妳根本沒有確實看著小席大人。」

「……我……我沒有確實看著主公？」

「妳只看著自己想看的外表，稍微看到一點不喜歡的內在，就說服自己沒有那回事，給予否定……說好聽一點，是尊敬對方，但到頭來根本就是放棄理解而已吧？」

「……唔！」

「妳……妳們不要顧著自己說。聽我——」

「小席大人是個強悍又聰慧的天才，或許真的是偉大的傑出人物啦……然而就算他是天

才傑出人物，更是一個男孩子啊。對A書有興趣很正常嘛。」

「我……我……」

「喂……我都說了，妳們聽我說——」

「好啦，凪。妳也不要這麼沮喪。」

「菲伊娜……」

「每個人都會犯錯啊。或許妳是有點盲信，可是那是因為妳對小席大人的心意，讓妳覺得他很神聖，這件事並沒有錯，我覺得不用全盤否定。」

「…………」

「只要以後一點一點慢慢改變就行了吧？」

「……妳說得……對。謝謝妳，菲伊娜。」

凪原本沉落絕望深淵的表情，有了一絲光明。

她低頭看向一直拿在手上的《淑女的入門指導》，在害羞之下，臉龐再度泛紅——不過她沒有別開視線，而是緊緊抓住那本書。

接著，她跪在席恩面前，雙手高舉那本書。

「主公，屬下錯了……請您……好好享受這本色……色情書刊吧！」

跪在地上的凪大聲吼道。

菲伊娜則是在一旁點頭，臉上漾著滿意的笑容。

面對這樣的兩個人，席恩深深吸了一口氣。

「……妳們兩個，好好聽我說話啊啊啊啊！」

然後如此大叫。

「這不是我的喔。反正一定是雅爾榭拉的吧？」

「這也不是屬下的書。屬下猜想，應該是雅爾榭拉的。」

席恩想盡辦法讓她們兩人了解真相後，她們各自做出和伊布莉絲相似的反應。

在走廊遇上的三名女僕都推測那應該是雅爾榭拉的所有物。

（……唉，也是啦。）

其實席恩也覺得是雅爾榭拉的。

想歸想……就算真是如此，一想到所有人都毫不猶豫地下達這個結論，心情還是有些複雜。

而且事實上——

這本《淑女的入門指導》真的是雅爾榭拉的所有物。

「咦咦咦！為什麼席恩大人拿著那本書……！」

席恩來到雅爾榭拉所在的玄關，讓她看了這本書的封面後，她給的反應非常淺顯易懂。

（果然是妳嗎……）

這次沒有什麼曲折離奇的過程或結果，只是順應情理，一如眾人粗略的猜想，這就是雅爾榭拉的東西。

「您……您到底是從哪裡找到這個的……？」

「它掉在地下室那個書架的後面。」

「居然在那裡……噢，這樣啊。是上次我摸索的新的藏書處，結果不小心掉下去——」

「這是妳的東西嗎？」

「……這……」

儘管雅爾榭拉剛才明顯慌張……

「不……不是……我不知道這本書呢。」

沒想到卻在最後關頭試圖矇混過關。

（……太猛了。）

這反倒讓席恩感到佩服。

難道她想從現在開始裝傻裝到底嗎？

「我……我從來沒見過這種色情書刊呢。」

「…………」

席恩好想吐槽：妳怎麼知道這是色情書刊？

「而且追根究柢，這種內容我並不感興趣。」

「…………」

席恩好想吐槽：妳怎麼知道內容？

「從書名來看，我還以為一定是純愛故事，沒想到最後居然出現許多骯髒的男人，這種進展簡直不可饒恕……！這種進展絕對荒唐至極！不過……開頭和中間的品質好得沒話說，所以我重複看過好幾次……」

「…………」

席恩好想吐槽：妳真的有心想裝傻嗎？

「這個……呃……所以說，那個……」

雅爾榭拉滿臉通紅，心慌都寫在臉上了。

相較之下，席恩反而很冷靜。

（這是為什麼呢……）

是因為剛才他和其他三個人吵過的關係嗎？

他非常清楚此刻雅爾榭拉的心慌和害羞。

（剛才的我就像這個樣子嗎？）

雖說不是他的書，但「被別人發現自己有色情書刊」，這樣的情境真的非常難為情。

他方才想必就跟現在的雅爾榭拉一樣，非常心急而且慌亂。

一想到此處，席恩忍不住移情。

就是會想同情她，想做個人情給她。

「……這樣啊，原來這不是妳的書。」

席恩吐出一口氣後這麼說：

「那麼雅爾榭拉——麻煩妳幫我處理掉吧。」

「咦……？」

「這本書來路不明，可怕得我根本不想看，也不想放在身邊。如果妳能幫我丟掉，就是幫了我一個大忙。」

「……我……我明白了。」

「那我走了。」

席恩硬是把《淑女的入門指導》塞給雅爾榭拉，接著離開現場。

假裝沒發現那是對方的所有物，同時拜託對方丟棄。

而且還暗示自己不知內容為何。

避免深究，口氣也完全不拖泥帶水。

或許是因為席恩有了各種前車之鑑——他現在已經很清楚，被發現有色情書刊的人不希望他人如何對待自己，也明白這樣的人希望他人如何對待自己。

這對青春期的少年而言，可說是一個確實的成長——

（……真是個令人開心不起來的成長。）

席恩在心裡如此吐槽。

「啦啦啦～今天要買什麼呢～」

「我們不會買多餘的東西喔。只買需要的東西。」

「我知道啦。雅爾榭拉妳真的很囉嗦。」

「妳以為是誰逼我的……」

菲伊娜鼓起腮幫子，雅爾榭拉則是無奈地嘆氣。

她們兩人為了採買，離開宅邸來到鎮上。

維斯提亞。

這裡是位在羅格納王國西方，艾爾特地方的一座城鎮。

由於鄰近西邊國境，是一座物資豐饒、人來人往的城鎮。想必也是這一帶最繁榮的城鎮。

平常女僕們採買物資，大多會選擇這座城鎮。

但是——

一直到最近為止，女僕們都會避免來到維斯提亞。

理由是——兩個月前在這裡舉行的武鬥大會。

因為席恩他們擊退了在武鬥大會途中開始作亂的恐怖分子們。

席恩和雅爾榭拉直搗敵人的據點，其他三人則是留在城鎮上，為了保護市民而戰。

當時她們因此有些引人注目。

報紙甚至有報導，說是有美女們將恐怖分子打倒了。其實報上並未刊登她們的肖像畫，報導內容也只寫著「她們一定是勇者列維烏斯祕密培養的部下」，和真相大相徑庭。

因此女僕們身分曝光的可能性微乎其微。

但考慮到往後還要繼續住在現在這幢宅邸，避免不必要的招搖才是上策。

所以他們五個人商量的結果，決定以防萬一，暫時避免前往維斯提亞。

開始這樣的自我約束生活——已經過去兩個月左右，他們決定解禁。

即使女僕們前往維斯提亞，也沒有異常受到注目。八卦已經完全風化。又或者打從一開始便沒有遭到瘋傳。

就這樣，女僕們取回了能前往維斯提亞採買的日常生活。

「哇，人還是一樣多耶。」

維斯提亞的市集充斥著不斷往來的大量人潮。

菲伊娜雙眼發亮，不斷望著四周。

「菲伊娜，不要自己一個人往前跑喔。」

雅爾榭拉無奈地出聲制止就要獨自往前跑的菲伊娜。

「要是走散了，會很麻煩喔。」

「討厭，妳就愛把我當小孩子。」

「不想這樣的話，就稍微安分一點。」

「如果妳不希望我走散，要不要乾脆來牽手？」

「我才不要。」

「啊哈哈，我也絕對不要。」

兩人鑽著人潮的縫隙往前，就這麼逛著市集。

「啊，雅爾榭拉，妳看。那個蘋果好像很好吃，可以買嗎？」

「不行喔，今天沒有買水果的打算。」

「啊，妳看這邊！在賣好奇怪的蟲子！可以買嗎？」

「當然不行。妳買怪蟲子要做什麼啊？」

「啊啊！那邊在賣超可口的美少年耶，雅爾榭拉！」

「……拜託妳說謊也打一下草稿。」

「呿，沒用嗎？」

「…………我倒想問，妳為什麼要撒這種謊？妳以為這種謊就騙得了我嗎？如果妳真的這麼想，那還真是讓人心寒。」

「咦？妳不是喜歡美少年嗎？」

「當然不是。我才不是有那種廉價興趣的女人。我醉心、敬愛的人，全世界只有席恩大人一個……我根本不可能鍾情席恩大人以外的人。」

「是喔。可是妳明明會看有美少年的A書啊。」

「噗！」

雅爾榭拉原本陶醉地說著，卻因為菲伊娜輕描淡寫拋出的一句話，陷入慌亂之中，大大噴出一口氣。

「妳、妳為什麼會知……」

「嗯，這件事說來話長。」

「……唔！」

「不過雅爾榭拉啊，妳一直說自己只喜歡席恩大人一個人，還不是會看A書找樂子。妳照樣很享受書裡面的美少年啊。這樣不算花心？」

「……才……才不算。完全不算。這是兩碼子事……」

雅爾榭拉開始死命找藉口。

「換句話說呢，虛構的事物再怎麼樣都是虛構，我頂多只把那個當作虛構享受，和現實完全沒有關係。如果因為享受虛構中的其他美少年，就要遭人指責花心，我覺得這未免太不人道了……而、而且說到底，就某方面來說，我只是把那個美少年和席恩大人重疊在一起享受，別說花心了，這根本是增進愛意的行為——」

「啊……好啦，我不是要跟妳計較啦。」

菲伊娜忽略雅爾榭拉用盡全力找的藉口。

「既然這麼好看，下次借我吧。」

接著這麼說道。

「咦？」

只見雅爾榭拉訝異地睜大眼睛。

「不行嗎？」

「也……也不是不行……」

雅爾榭拉此刻傷透了腦筋。

要借閱色情書刊——而且追根究柢，菲伊娜對人類的文字和文化又不熟，她似乎一點也不懂那到底有多難。

「可是妳……根本不會人類的文字，就算我借妳，妳也看不懂吧？」

「噢，也對。那只好請妳唸給我聽了。」

「我絕對不幹！」

對著別人唸出自己的色情書刊。

這到底是什麼拷問？

「噗～雅爾榭拉是小氣鬼。」

「我才不小氣……」

兩人一邊說著這種沒營養的對話，一邊繼續買東西。

今天要買食材和日用品。

菲伊娜只要看到有興趣的東西或是新奇的東西，就會開始擅自行動，每次都是雅爾榭拉開口制止。

距離雅爾榭拉等人住進宅邸——已經過了一年多。

她們已經逐漸適應人類社會的生活了。現在在維斯提亞甚至有了經常光顧的店家。

「哎呀，是小雅和小菲。」

叫住兩人的是一名穿著白色圍裙，身形圓潤的女性。

這名女性從肉店探出頭來，臉上掛著親切的笑容。

「好久不見了，琪塔女士。」

「琪塔姨，好久不見～」

兩人也熟稔地打了招呼。

琪塔是雅爾榭拉她們常去的肉店女性店員。

她和丈夫一同經營肉店，其商品品質是這一帶最好的。

「真的是好久不見了。最近都沒看到妳們，出了什麼事嗎？」

「稍微出去旅行了一陣子。」

「噢，這樣啊。有錢人果然就是不一樣。」

琪塔不疑有他，點了點頭接納這個說法。

順帶一提。

雅爾榭拉和菲伊娜並未在人類的城鎮裡使用真名。

有人詢問名字時，她們都會用假名。

雅爾榭拉叫小雅。

菲伊娜叫小菲。

她們是惡名昭彰的魔王軍幹部——「四天女王」。

如今變化成人類，被人看穿真面目的可能性應該微乎其微。但要是報上真名，還是有引發不必要混亂的疑慮。

「妳們好久沒來了，我會算妳們便宜一點，盡量買吧。今天啊，有上好的豬肉喔。」

在琪塔的招呼下，兩人走進肉店。

店內放著許多香腸和培根這類易於保存的肉品。此外還有一部分商品架放著生肉，只要拜託他們，在裡面作業的店主就會幫忙切肉。

綜合琪塔的業務話術、雅爾榭拉的慧眼與菲伊娜的嗅覺等各種要素，詳加考慮後，她們決定好要購買的肉品了。

「來，謝謝惠顧。要再來喔。」

當她們結完帳，準備離開店時——

「啊，對了。」

琪塔叫住她們。

「妳們兩個接下來有空嗎？我有點事情想拜託妳們。」

「拜託？」

「我們？」

面對雙方的反問，琪塔說道：

「我家那口子的朋友……現在遇上一點困難。當然前提是妳們有空又不嫌棄的話，希望妳們幫個忙。如果是妳們這樣的美人，我覺得應該很適合……其實啊——」

琪塔開始娓娓道來。

以結論來說——她們兩人接下了這件委託。

畢竟也不是什麼大不了的事，而且琪塔的丈夫在這座城鎮的公會又是個很有影響力的人。現在賣個人情給他們，未來生活上或許能有些好處。

她們迅速辦完待辦事項，然後回到宅邸。

然而琪塔的委託——之後卻是引發宅邸騷動的原因之一。

事情的開端——始於這一段輕描淡寫的對話。

「哎呀，少爺。」

宅邸的走廊——

伊布莉絲經過走廊，就這麼叫住席恩。

「你的衣服是不是破啦？」

「嗯……？」

伊布莉絲指著襯衫的肩頭。

仔細一看，肩頭的確破了一個小縫。

「真的耶。是在哪裡勾到了嗎？」

「請你脫下來吧。我拿去縫好。去找雅爾榭拉或凪。」

「……妳完全沒有自己來的意思啊。」

雖然傻眼，席恩還是脫下襯衫，交給伊布莉絲。

「不過少爺你都沒變化耶，每天都穿同一件衣服。」

伊布莉絲接過襯衫，一邊摺衣，一邊說著。

「……妳們才沒資格說我『每天都穿同一件衣服』。」

「不不不，我們無所謂啊。女僕本來就是每天都穿著女僕裝啊。」

「……可是妳們穿的衣服能不能叫女僕裝，實在有待商榷。」

她們四個人的女僕裝……疑似女僕裝的衣物，是她們各自準備的。

當初本來是雅爾榭拉負責準備所有人的服裝，但……由於她只替自己那件做出「在胸口中央開洞」這種破天荒的設計，然後特別去找人訂做，顯然已經不講究統一感和格式了。

因此最後才會變成她們自己準備自己喜歡的樣式，一直到今天。

這身衣服是她們各自講究的樣式，所以每個人都做了好幾套輪著穿。

「女僕本來就要穿女僕裝，可是少爺你穿什麼都無所謂吧？但你的衣服感覺都只有一種。」

「因為我穿的衣服都是請雅爾榭拉替我選的啊。應該是她自己有什麼堅持吧。」

「啊～所以才會全是短褲啊。」

「……嗯，是沒錯。」

席恩想否定，卻否定不了

雅爾榭拉挑選的衣服基本上都很好。

潔淨的白色襯衫，以及幹練的背心。

雖是很講究的制式服裝，然而在各處藏有玩心。儘管如此，材質卻很便於行動。

就算是不太懂時尚的席恩，也隱約感覺得到衣服的品味很好。

而且價錢也不算太貴，整體而言，算是無可挑剔的好貨。

唯有一件事，其實也不算抱怨，而是煩惱。

那就是……下半身幾乎都是短褲這一點。

（之前跟雅爾榭拉提起這件事的時候，我們的結論應該是「她之後會準備長褲」……可是到頭來好像沒什麼變。）

那次之後，增加的長褲就只有一件。

雅爾榭拉給的穿搭還是老樣子，以短褲為主。

「不過……我對流行本來就沒什麼興趣啊。有人肯替我選，就該心懷感激了。」

「是喔，這樣啊。」

「可是說歸說……我也不是沒有偶爾想試試其他打扮的想法啦。」

「不是沒有，是嗎？」

「嗯，但也沒有很執著。」

席恩輕聲發出嘆息的同時——

「對了，伊布莉絲。」

似乎想到了什麼事，因此開口說：

「等下次妳有興致就行了，妳可以替我挑衣服嗎？」

「我嗎？」

「對。老是交給雅爾榭拉，我也過意不去。她本來就扛了太多工作，我還把挑衣服這種不重要的雜事交給她，實在有點對不起她。」

「不，我覺得她絕對是自願替少爺你挑衣服……」

「嗯？」

「啊……沒有，嗯……沒什麼。解釋起來太麻煩了。」

伊布莉絲話說到一半，就搖了搖頭作罷。

「嗯?好吧，無所謂。」

「總之我明白了。下次我會隨便挑給你的。」

「拜託妳了。我不急，真的等妳想挑再挑就好了。」

「了解~」

說完這些話，兩人便分開了。

事情的開端——始於這一段輕描淡寫的對話。

一開始，是伊布莉絲傳給菲伊娜。

「什麼!小席大人拜託妳替他挑衣服!」

菲伊娜聽聞這件事，顯得非常懊惱。

「為什麼!為什麼是拜託妳!」

「誰知道。應該沒什麼理由吧?只是剛好我經過那裡。」

「好好喔!好好喔!我也想挑小席大人的衣服!好想幫他挑穿搭!」

「那妳就挑啊。」

「就算我想，也辦不到啊!因為這件事都是雅爾榭拉在負責。她都說『挑選席恩大人的衣服，是我這個女僕長的工作喲。』根本不讓我插手。」

「啊……經妳這麼一說，她的確說過這種話。」

「她那是濫用職權啦。不管我拜託她多少次，她都說『不行喲，妳一定會讓席恩大人穿怪衣服。席恩大人可不是讓妳換裝用的娃娃喔。』」

「原來她對妳說過這種話啊……」

「很過分對吧！我把小席大人當成換裝娃娃，這有什麼不對！」

「看到妳這種反應，我覺得她對妳的告誡非常中肯。」

菲伊娜憤慨地說著，伊布莉絲則是輕輕聳肩。

「說了這麼多，雅爾榭拉替小席大人挑的衣服都很好看，所以我才什麼都沒說。可是……其實雅爾榭拉根本也是若無其事地讓小席大人作她喜歡的打扮吧？」

「嗯？」

「上次小席大人參加武鬥大會穿的女裝……我記得那是雅爾榭拉的私人物品吧？」

「啊……好像有聊到這件事。」

那是一場在維斯提亞召開的武鬥大會。

席恩在過去以「神童」之姿享負盛名，為了以防被人識破他的真實身分，他們決定變裝參加大會。

當時用的服裝——就是雅爾榭拉準備的服裝，而且很明顯是女孩穿著的服飾。

「這不是很奸詐嗎！對別人說什麼『不要把主人當成換裝娃娃』，自己卻讓主人穿滿是私心的衣服！這很詐吧！」

「要說奸詐是很奸詐啦。」

「我以前都很服從雅爾榭拉的命令，很努力克制自己……可是如果是小席大人的命令，那就不一樣了吧！」

「……嗯？命令？」

「這是命令吧？因為他要妳買衣服不是嗎？換句話說……小席大人已經對雅爾榭拉挑選的穿搭感到不滿了！沒錯吧？」

「嗯……應該也能這麼說吧？他看起來也不算是沒有不滿的感覺……」

「沒錯，一定是這樣！呵呵呵，以前是因為掌控在雅爾榭拉手裡，我才沒辦法干涉，但既然是小席大人的命令，那就另當別論了。畢竟小席大人下達的命令，優先度高於女僕長嘛。」

「……可是人家又不是命令妳買。」

「妳在說什麼啊？妳剛才不是也說了嗎？只是妳剛好經過而已。所以只要不是雅爾榭拉，遇見誰都可以……換句話說，我去買也不成問題！」

「……嗯……噢，是噢。原來是這種邏輯。」

「對吧！好，不能在這種地方摸魚了。小席大人的時尚相關工作以前都是雅爾榭拉一人獨攬，現在正是搶過來的大好機會……！」

「……噢，妳想怎麼做就怎麼做吧。」

說完這些話，兩人便分開了。

當從頭到尾都懶得解釋的伊布莉絲，碰上從頭到尾都以對自己有利的方式解讀的菲伊娜，事情開始往不同的方向扭曲。

接著，菲伊娜傳給凪。

「什麼！主公想要新衣服！」

凪聽完菲伊娜的話後，顯得驚訝不已。

「對對，就是這樣，凪。」

「可是主公的衣服不是雅爾榭拉的管轄範圍嗎……？」

「關於這件事啊……其實小席大人好像不太滿意雅爾榭拉挑的穿搭。」

「什麼？真的嗎？」

「嗯，我這條情報的來源很可靠。」

「原來是這樣啊……」

「所以好像想偶爾請我們挑衣服。」

「主公真的這麼說了？」

「……我不敢說他有講……可是好像也不能說他沒講。」

「到底有沒有……？」

「反正跟有講是一樣的啦。」

「一……一樣……」

「我和伊布莉絲已經決定要幫小席大人挑衣服了，妳也一起來嘛。」

「我也？」

「嗯，萬一被罵，人多一點比較可以分散罪……不是，這種活動就是要大家一起參與享受啊。」

「不了，我不是很……」

「凪，我問妳——其實妳有吧？妳有想讓小席大人穿的衣服。」

「嗚……」

見凪說不出話來，菲伊娜自始至終都是不懷好意地笑著。

「妳嘴上不說……其實有很多想讓小席大人穿的衣服吧？絕對有。不可能沒有。」

「嗚嗚……可……可是主公不會允許我這麼任性的。沒有命令還擅自挑選他的衣服……」

「我都說有命令了啊。現在跟有命令是一樣的啦。」

「一樣……」

「凪，我問妳。說到底啊——光是乖乖聽從命令，真的就是一個優秀的家臣嗎？」

「什……」

「如果妳真的為主人著想，有時候讀懂對方的心思，然後自動自發也很重要吧？就算沒有命令，也要察覺『主人一定會下這樣的命令』，然後率先行動，這樣才是一個優秀的家臣吧？」

「我……我……」

「不過我不會勉強妳啦。既然妳只會聽命行事，那我也不會勉強妳。但我倒覺得小席大人並不想要這種形式的忠誠。」

「——唔！」

面對菲伊娜顯得有些厭煩的指摘，凪猛然抬起頭來。

「我們是宣示效忠的屬下，同時也必須是能自己思考、自己行動的獨立存在。在小席大人身邊，我希望自己是這樣的女僕。」

「……妳……妳說的很對，菲伊娜！」

凪道出感動不已的語氣。

「所謂真正的忠臣，是即使沒有命令，也要為了主上行動的人！既然主上為了服飾煩惱……我就應該在被命令之前備好。然而我……卻想著『萬一把我的喜好強壓在主上身上，是不是會給他帶來困擾？』我居然用這種藉口，肯定自己的怠慢……」

「嗯嗯，沒關係喔，凪。妳現在明白就好。」

「我也要參加這次的活動。」

說完這些話，兩人便分開了。

當從頭到尾都只說對自己有利的話的菲伊娜，碰上總是不疑有他相信別人的凪，事情再度往不同的方向扭曲。

接著，凪傳給雅爾榭拉。

「什麼！大家要一起選席恩大人的衣服？」

雅爾榭拉聽完整件事，不禁愕然。

「為……為什麼要這麼做……？」

「好像是有這麼一個活動。」

「怎麼會……那席恩大人怎麼說呢？」

「這似乎就是主公提案的。」

「真、真的嗎？」

「可以說是真的，也能說不是真的。」

「……咦？到……到底是真是假？」

「雅爾榭拉，光是乖乖聽從命令，可不能算是一個忠臣喔。要體察主上的心思，不用主上命令，就自動自發做事，這才是一個真正的家臣吧？」

凪以堅定的態度拋出這席話。

卻讓雅爾榭拉的表情掛上一個特大號的問號。

「……好……好吧。可是為什麼要做這種事……？」

「這是主公的主意。一定有他的深意吧。」

「可是到今天為止，席恩大人的衣服一直是我在選的啊……」

「就是因為這樣，這次才屏除妳，由我們三個人挑選。」

「唔……這就是席恩大人的意思嗎……？」

「可以這麼說，也能不這麼說。不過意思一樣。」

「一樣……是嗎……」

雅爾榭拉的眼神浮現深邃的絕望和悲傷，嘴角卻浮現接受一切似的自嘲笑意。

「既然這樣，那就沒辦法了。既然這是席恩大人的意思，我也只有服從……」

「雅爾榭拉——妳真的甘願這樣嗎？」

「咦？」

「其實這件事本來是要瞞著妳，由我們三個人私底下進行的。但該怎麼說……我覺得這樣不公平。所以在我的自行判斷下，現在才會匯報給妳知道。」

「凪……」

「雅爾榭拉，妳也有很多想法吧？既然這樣，要不要直接堂堂正正地跟我們競爭？如果妳『對自己挑選的衣服有絕對的自信』，只要和我們戰鬥，證明這點就行了。當然，我也無意認輸。」

「……呵……呵呵呵。」

雅爾榭拉原本有著濃烈絕望色彩的臉龐，如今有了一道希望之光。

「凪，妳這種個性真的很吃虧。」

「反正我不靠得失過活。」

「好啊。要是妳們以為我是用女僕長的特權在選衣服，就太讓人心寒了。我會盡力戰鬥。」

「好啊，讓我們一決勝負。」

說完這些話，兩人便分開了。

當做事講究禮義人情而且死心眼的凪，碰上認為其他兩人就算了，凪說的話準沒錯的雅爾榭拉，事情已經大幅度往不同的方向扭曲。

接著，雅爾榭拉再度傳給伊布莉絲。

「什麼！要舉辦少爺的服裝挑選大賽！」

伊布莉絲一臉莫名其妙。

「為什麼要辦這麼麻煩的活動……？」

「這都是席恩大人的意思喔。」

「少爺說了這種話……？」

「他既說了，也沒有說。」

「……到底有沒有？」

「妳也要參加對吧，伊布莉絲？」

「咦？為什麼我要參加？」

「我聽說妳會參加呀。」

「我半個字都沒說過啊……」

「是喔？算了，反正不管怎麼樣，我聽說所有人都要參加，所以妳也要乖乖參加。」

「…………」

「我還聽說獲勝的人會有特別獎勵喔。」

「特別獎勵……哦，既然有獎品，我的幹勁就來了。」

「我倒是不需要什麼獎品。能讓席恩大人穿上自己挑選的衣服，這就是莫大的榮耀了。」

「是喔。那如果妳贏了，我可以接收妳的獎品嗎？」

「……這是兩碼子事。」

「什麼嘛，無聊。不過不知道獎品會是什麼？既然做得這麼鋪張，一定很不得了吧。」

說完這些話，兩人便分開了。

之後伊布莉絲再度向菲伊娜訴說這件事，菲伊娜又向凪訴說——在這般口耳相傳遊戲不斷重複的結果，事情越演越烈，已經往不可收拾的方向扭曲。

幾天後——

「呃——那麼現在要開始進行值得紀念的第一屆『主人的擇衣大賽』了喔！」

這個詭異的活動在宅邸的某間房裡開始進行。

菲伊娜大聲宣布後，其他三個人也發出類似的歡呼聲。

不過坐在室內一隅的席恩卻完全在狀況之外，只能一臉錯愕。

（……為……為什麼會變成這樣……？）

席恩覺得簡直莫名其妙。

完全想不通到底出了什麼事才會搞成這樣。

菲伊娜無視處在極度混亂中的席恩，逕自以疑似司儀的興致繼續說：

「規則超級簡單！大家向本大賽的主辦人——小席大人介紹自己準備的衣服，讓他來決定誰比較優秀！」

（……我……我是主辦人？）

席恩滿臉問號。

「誰能拿出小席大人最喜歡的衣服，就是贏家。」

（……要……要我來選嗎！）

席恩滿臉訝異。

「獲得優勝的人，居然！可以得到一筆獎金、特別休假，還可以和小席大人來一場當天來回的溫泉之旅！各位，妳們想贏嗎！」

「「「想！」」」

「獎品會不會太多了！」

這回席恩終於出聲吐槽。

「慢、慢著……妳們先等一下……我完全搞不清楚狀況……」

「討厭，怎樣啦，小席大人？難得我把氣氛炒得這麼熱耶。」

「這是……怎麼一回事？」

席恩提出這個最根本的問題。

然而她們四個人卻全不解地歪著頭。

接著，雅爾榭拉代表所有人開口：

「請問您這麼問的意思是？」

「我是問……這到底是什麼？這個活動是什麼？為什麼要召開替我選衣服的大賽？」

「為什麼……這不是您的提案嗎？」

「我提的？這怎麼可能啊！」

席恩在困惑之中大叫。

但雅爾榭拉也同樣露出困惑的表情。

「沒有這回事……因為我是聽凪這麼說的呀。」

「凪說的……？」

「屬下是聽菲伊娜說的。」

「菲伊娜……？」

「我是聽伊布莉絲說的喔～」

「伊布莉絲……？」

「我是聽雅爾榭拉說的啊。」

「雅爾榭拉——不對不對，太奇怪了吧！繞回來了啦！」

儘管席恩慌亂地吐槽，女僕們還是一臉不明所以。她們只是面面相覷，露出疑惑的表情。

（太奇怪了……為什麼會變成這樣……？）

要說他想得到的頭緒，也只有拜託伊布莉絲「下次想到的時候，替我選一件衣服」而已。

難道是那輕描淡寫的一句話，釀出這般混沌的事態嗎？

「好了啦，小席大人，原因不重要吧？」

菲伊娜對深陷在混亂之中的席恩說道：

「不管契機是什麼，難得這麼好玩的活動要開始了，就繼續下去嘛。」

「就算妳這麼說……」

「而且大家都準備好衣服了，你現在才要取消，那很無聊耶～」

「…………好……好吧。」

其實席恩還有很多想說的話，最後卻在眾人期待的視線之下，只能點頭答應。

就這樣，從席恩一句無心的話演變出的——挑選服飾大賽就此展開。

發表順序以嚴正的猜拳決定。

打頭陣的人——是伊布莉絲。

「呃，我打頭陣啊……」

她不滿地皺起眉頭。

「呵呵，太可惜了，伊布莉絲。」

「就這場比賽來說，第一個發表的人是壓倒性地不利。因為會被當成後面的評分基準。不管怎麼做，都很難拿到高分。」

「運氣也是實力的一環。」

（……這股認真的氣氛是怎樣？）

面對一臉得意分析的三人，席恩在內心吐槽。

「唉……算了，也只能硬著頭皮上了。」

伊布莉絲這麼說道，切換自己的心情，然後拿出自己準備的衣服。

「我提案的服裝——就是這件。」

說完，她亮出的衣服……是一件巨大的玩偶裝。

尺寸大到可以完全包住身體，頭上有一對疑似熊的圓耳。看來是一件熊造型的玩偶裝。

「這……這是什麼……？」

「這是少爺你新的睡衣。」

「睡衣……？」

席恩一臉困惑，他身後卻傳出驚愕的聲音。

「唔嗚……糟了。伊布莉絲這傢伙……居然有這麼嶄新的想法……！」

「是啊……實在太大意了。沒想到她會在這場挑選服裝的比賽中，用睡衣來決勝負！我完全沒想到這一點！」

「該死的伊布莉絲……她平常個性散漫，我還以為她一定又會嫌麻煩就隨便挑……沒想到竟然是一匹黑馬。」

菲伊娜、雅爾榭拉、凪紛紛讚嘆。

（……這到底是什麼鬧劇？）

只有席恩一個人完全跟不上現場氣氛。

「少爺，請問你覺得這種款式的新睡衣如何？」

「不……這會不會太可愛了啊？」

「你可不能光用外觀判斷喔。這件衣服連性能都很好。來，少爺，請你摸摸看吧。」

「嗯……哦，這是……」

「如何啊？手感不錯吧？這可是我講究的結果喔。」

確實如伊布莉絲所言，這間玩偶裝的觸感非常棒。

毛絨絨的，卻又很輕柔，摸起來的感覺非常幸福。

要是可以包覆在這種觸感中睡覺，想必很舒服。

「……這個手感的確不賴。」

「對吧？」

「嗯，很棒。摸起來的感覺非常棒。可是——」

席恩說道：

「只有外面好摸吧？」

這件玩偶裝的外側保養得宜，是非常出色的毛皮，但相反的，內側——也就是要包覆席恩的那一側，觸感非常普通。雖然不算非常糟糕，卻完全沒下任何功夫。

（……追根究柢，這根本不是做來當睡衣穿的吧？）

看起來只像做來當普通玩偶裝的衣服。

根本沒考慮到讓人穿著睡覺。

要是穿著這個睡覺……感覺就很難睡。

「少爺，你在說什麼啊？這是玩偶裝，講究外側很正常吧？講究裡面要幹嘛？」

「……但我覺得穿起來舒服才是重點啊。」

「少爺你穿著這件手感最好的玩偶裝，然後和我一起睡。這麼一來……我就會睡得非常舒服。」

「那我不就完全變成抱枕了嗎！」

「我不否定。」

「否定一下啊！我說過好幾次了！我不是抱枕！」

「哎呀～可是你抱起來很舒服耶。要是抱起來這麼舒服的你，穿上這件玩偶裝……簡直太讚了。我這輩子都不會離開被窩了。」

「……妳真的是徹徹底底只想到自己耶。」

「哪有？我也有想到大家啊。」

伊布莉絲說著，回頭看向背後的三個人。

「對吧，各位？妳們也想抱緊穿著這件玩偶裝的少爺，和他一起睡吧？」

「「「……唔！」」」

「不要同時站起來！不要用推倒椅子的力道站起來！」

席恩吐槽反應完全相同的三個人後——

「總之……我駁回！駁回！我絕對不會穿這種衣服！」

以幾乎要破音的音量嚴厲地批評。

伊布莉絲的審查就這麼宣告結束。

接著輪到凪。

「下一個是我嗎？」

凪面帶緊張，開始做準備。

（……好，凪應該不要緊。）

她應該不會做出什麼破天荒提案。

席恩相信凪生性認真的程度和一絲不苟。

「屬下提案的服裝——是浴衣。」

「哦。」

凪拿出來的衣服乍看之下就是一匹布。

以藍色為基調，樣式也設計得很涼爽，各處都有做工精細的刺繡。

「這個……是妳的家鄉服飾嗎？」

「是的。這是屬下的祖國在夏季常穿的傳統服裝。」

「原來如此……嗯。這是披在身上，然後綁衣帶的形式嗎？版型和妳平常穿的衣服有點像。」

「是的，但相較之下，浴衣更方便穿脫。」

「嗯……這個真不錯。」

「真、真的嗎？」

「是啊。」

席恩點頭回應喜形於色的凪。

這不是客套話，他真的覺得這個東西不錯。

（嗯……是很正常的好東西。）

異國文化很吸引人，重要的是，感覺得出來凪有替席恩著想，選擇了適合席恩的設計。

凪果然有一套——席恩如此鬆了一口氣。

「主公……那麼您要試穿看看嗎？」

「也對。就確認一下穿起來的感覺吧。」

「好的。那麼——請您連同內衣褲全部脫掉。」

「我知——內褲也要！」

席恩說到一半突然吐槽。

但凪的表情依舊非常認真。

看來她沒有開玩笑，她是認真的。

要脫內褲。

「呃，凪……為什麼要脫內褲？這件衣服……只要披在外面就行了吧？」

「不，其實……浴衣底下什麼都不穿，這才是普遍的穿法……」

「普遍……？在妳的國家都是這樣穿的嗎……？」

「是的。基本上底下什麼都不穿。」

「……那……那是變態的國家嗎？」

「並不是！這是文化！」

凪滿臉通紅地宣稱。

在她背後的其他三個人則是竊竊私語：

「……凪的祖國還是老樣子，一堆變態文化。」

「而且他們還會做老二拿來裝飾嘛。」

「也對，他們是會在那話兒上畫臉，然後拿來裝飾的國家嘛。」

「我都聽到了，妳們幾個！竟敢愚弄他人的祖國……！而且那不是老二，是『木芥子』，要我說幾次才懂啊！」

凪真心發出怒吼。

「……凪，我明白妳的祖國文化了。」

席恩提醒自己的口吻要冷靜，同時開口：

「可是現在姑且穿著內褲應該無所謂吧？」

「這……這不行，主公。浴衣的布料很薄，要是穿內褲，會透出來……看起來反而更不雅觀。屬下不能讓主公承受這等屈辱。」

「這……這樣啊……」

看樣子浴衣也有講究的道理。

「不過……如果主公無論如何都想穿著內褲，那屬下有個辦法。只要穿不易透出來的內褲就行了。」

「有那種東西嗎？」

「是的。換言之，您只要穿『兜襠褲』——」

「駁回！」

凪的審查就這麼宣告結束。

第三棒是菲伊娜。

「呵呵呵，總算輪到我了。」

菲伊娜滿臉春風得意。

那讓席恩只有不祥的預感。

「我準備的衣服是……鏘鏘！」

「這……這是什麼啊！」

席恩看了菲伊娜隆重展示的服裝，不禁驚愕。

那是一襲很閃亮的服裝。

繁雜的裝飾非常搶眼，布料面積卻少得可憐。設計得很像泳裝，還有一塊輕盈的裝飾布垂落在前。

「這個呢——是舞孃的衣服！」

「舞、舞孃？」

「沒錯！舞孃！」

「……開、開什麼玩笑！我怎麼可能穿這種衣服！什麼舞孃……為什麼我這個男的要穿這種衣服……」

「哎呀，小席大人，你這樣是性別歧視喔。先入為主認定舞孃是女人的職業，以偏見談論這件事。我覺得很不錯啊。有男的舞孃也很棒啊。」

「……我沒有在跟妳爭舞孃這個職業怎麼樣。而是這件衣服很明顯就是給女性穿的，我才會抱怨。」

「好啦，別生氣，安啦，你穿起來絕對好看。」

「好看還得了！」

席恩用盡全力吼叫。

不只被推薦穿舞孃的衣服，對方還極力說服「一定好看」，席恩的心靈受到極大的衝擊——不過現場還有另一個人也受到衝擊。

「怎……麼會……」

那就是雅爾榭拉。

她一臉錯愕，同時搖搖晃晃地站起來。然後拿著自己準備的衣服上前。

「不會吧……居然有這種事……」

她嘴裡呢喃著慌亂的言語，並展示她準備的衣服。

「什！」「咦！」

席恩和菲伊娜發出訝異的聲音。

雅爾榭拉準備的衣服——正是舞孃的衣服。

而且和菲伊娜準備的款式完全相同。

「難道說，雅爾榭拉妳也挑了那間店的東西……」

「是啊，看來我們想的事情一樣。實在很遺憾。」

儘管兩人面露驚訝，依舊有某部分認同這樣的結果。

「不會吧，沒想到居然會撞衣……爛透了。」

「那是我想說的……」

「雅爾榭拉，這場勝負理所當然是採先搶先贏的規則吧？既然先輪到我，妳就別出頭了。」

「別開玩笑了，才沒有這種規則。」

「不然妳想怎樣？我們的衣服一模一樣耶。」

準備了完全相同服飾的兩個人釋出敵意，互相怒瞪。

「……妳稍待片刻。」

這時候，雅爾榭拉突然開始思索。

「菲伊娜，我剛才不小心進入臨戰狀態……可是冷靜想想，我們可能沒有必要互爭長短。」

「咦？什麼意思？」

「我們提案的衣服一模一樣。換句話說……代表我們哪邊贏都一樣。因為不管是誰贏──席恩大人都會穿上這件舞孃裝。」

「……啊，原來如此！」

「即使先不探討獎品要怎麼辦……我認為現在先停戰才是上策。要是這時候陷入莫名爭吵，只會兩敗俱傷。但只要就此聯手──我們就不會輸。」

「沒錯，妳說得對，因為四個人裡面有兩個人提出的衣服一樣嘛。用不同的角度來思考，根本已經確定贏了嘛！」

「啊啊？妳說啥？」

「這我可不能置若罔聞。」

面對發現勝機而開心不已的雅爾榭拉和菲伊娜，其他兩人理所當然開始反駁。

「妳們兩個撞衫，所以失去資格啦。」

「啊？才沒有這種規則咧～」

「如果要談規則，就算妳們兩個人聯手，也改變不了什麼。一切交由主公裁定。」

「是啊，當然是席恩大人決定。可是……假設席恩大人哪個都不選——接下來就由我們投票來決定贏家。」

「啊啊？我可沒聽說有這種規則！」

「我在事前發下去的規則一覽上有寫喲。」

「那種東西怎麼可能有人看啊！」

「……唔，糟了。上面的確有寫……！」

「妳還真的看了啊，凪！」

「真不愧是雅爾榭拉！好個壞心眼！好個陰險手段！一旦變成隊友，實在是超可靠！」

「呵呵呵，我晚一點再找妳算帳，菲伊娜。」

四個人開始喧鬧。

最後抓著自己的衣服，來到席恩身邊。

「少爺！我的睡衣才是第一名吧！」

「不，屬下的浴衣才是最適合主公的衣物！」

「是舞孃衣對吧，小席大人！」

「就選舞孃衣吧，席恩大人！」

「…………」

席恩發出無言的顫抖。

不明到極點的狀況，過於不講理的事態……席恩原本一直一直一直忍下來了。

「……我哪件都不穿。我怎麼可能穿。」

但現在他的精神終於來到臨界點。

「妳們幾個，把我要著玩也該有點限度啊！停停停！我要立刻結束這種鬼比賽！」

這道響徹室內的怒吼實在是太過空虛。

就這樣，起於一句無心之言的比賽，在一團亂之中落下布幕。

當眾人整理著喊停的比賽到一半——

「……對了，雅爾榭拉，還有菲伊娜。」

席恩突然想到一件事，於是開口詢問她們兩人：

「妳們剛才說到『那間店』……妳們是在同一間店買了那件舞孃衣嗎？」

沒想到居然會撞衫。

如果是「舞孃」這個著眼點互相衝突，倒也不是不可能的事……那就代表不只一個人「想讓席恩穿上舞孃衣」。雖然這樣心情也很複雜——但暫且不提這點。

這次不只主題，連服裝都完美地衝突，變成雙方都拿出完全相同的服裝。

這很難當成碰巧。

所以席恩會認為她們兩人發生了某件共通的事也很正常。

「啊……嗯，應該是吧。」

菲伊娜點頭回答。

「其實前幾天發生了很多事。」

雅爾榭拉則是開始解說原委。

「大概是三天前，我和菲伊娜一起去維斯提亞買東西時……有一間常去的店委託我們一件事。」

「委託？」

「他們熟識的酒館會定期舉辦活動，邀請舞孃跳舞，可是酒館邀請的舞孃有突發狀況，不能來了……」

「於是就拜託我們，看我們能不能去頂替舞孃跳舞。」

菲伊娜接下雅爾榭拉的話，說出結論。

「原來發生了這種事啊。」

「其實原本是打算由我登台……可是呢……」

雅爾榭拉說到一半突然卡住。

菲伊娜見狀，直接噴笑。

「呵呵……雅爾榭拉她啊，太性感，結果被打槍了。」

「菲伊娜！」

雅爾榭拉狠狠地瞪了菲伊娜後，以愧疚的眼神看著席恩。

「不……不是的，席恩大人……我絕對沒有企圖誘惑您以外的人。只是……對方準備的每一件舞孃衣都太小……所以才會變得有點猥褻……」

「聽說最近酒館連這種活動也管得很嚴，如果要作重口味的表演，就一定要去有娼館這類商家的紅燈區。」

「……這……這樣啊。」

席恩大概可以理解。

穿著尺寸較小的舞孃衣的雅爾榭拉——那大概……不對，無論怎麼想，一定都是一幅過於猥瑣的畫面。

會被管制也無可奈何。

「所以……是菲伊娜妳上台跳舞的嗎？」

「嗯，對啊。」

「真沒想到，原來妳還有這種特技。」

「啊哈哈，根本沒什麼大不了的啦。我只是隨便跳兩下而已。」

「哎呀，妳還真是謙虛呢，菲伊娜。」

雅爾榭拉意外地說著。

「妳的舞姿不是獲得滿堂彩嗎？而且店主還拜託妳再去店裡跳舞。」

「咦～拜託妳別這樣，雅爾榭拉。真的沒什麼大不了的。」

菲伊娜不斷揮手否定，難得看她如此難為情的樣子。

（菲伊娜的舞姿啊……）

說實話，席恩不太能想像。

在過去的生活中，他從沒看過菲伊娜跳舞的樣子。

她當時到底跳了什麼樣的舞呢？

「啊，對了，小席大人。說到酒館，我就想起來了。」

菲伊娜大概是想轉移話題，直接挑起一個新的話題。

「為了借舞孃衣，我去那間酒館的時候，聽到一件有趣的情報喔。」

「有趣的情報？」

「對——是關於溫泉的情報！」

菲伊娜說得一臉得意。

席恩這才想起來。

擅自拿來當剛才那場比賽的獎品的「當日來回溫泉旅行」。

看來那件獎品並不是隨便說說。

第四章 前任勇者前往溫泉

Genius Hero and Maid Sister.4

羅格納王國。

王都——洛迪亞。

與王宮毗鄰的騎士團本部。

騎士團本部內的勤務室中，有一對身穿團服的男女。

男人是個符合眉清目秀這個形容詞的美青年。

列維烏斯．貝塔．瑟蓋因。

他是名門瑟蓋因家的嫡子，也是兩年前作為勇者小隊的一員出征討伐魔王的一名英雄。

同時——

這名青年更是被塑造成——打倒魔王的勇者本人。

「我跟。」

列維烏斯輕描淡寫地開口。

他的手上拿著五張撲克牌。

隔著一張茶几面對他坐著的人，是布羅雅・羅斯。

她是侍奉瑟蓋因家的一名僕人，自幼就負責照顧列維烏斯的生活大小事。如今她擔任列維烏斯這位部隊長的副官，負責輔助他的工作。

「唔……姆……」

聽了列維烏斯的話，布羅雅的臉色變得不太樂觀。拿著撲克牌的手甚至開始顫抖。

「這……這樣好嗎，列維烏斯大人？我的牌很強喔。」

「我跟。」

「我跟。」

「……真……真的強到不行喔。」

「…………您要收手，只能趁現在──」

「我說我跟。別囉嗦了，開牌。」

列維烏斯厭煩地說完，伸出手，強迫布羅雅亮出手牌。

「啊、啊啊……」

布羅雅的表情漸趨絕望。

她攤開的手牌──七零八落。

換言之，完全沒有組成牌型。

「我就知道。好，我贏了。」

列維烏斯苦笑說完，攤開自己的手牌。

是一對四。

以牌型來說，是非常弱的牌，但還是比散牌強。

茶几上擺滿當作籌碼的火柴棒，列維烏斯伸手將火柴棒推向自己。

「這樣我就五連勝了。」

「嗚……嗚嗚……」

「妳該覺得萬幸，布羅雅。要是真的賭錢，妳的薪水就全飛了。」

「我……我怎麼可能真的賭嘛。我和您不同，領著微薄的薪水，過著樸素的生活耶。」

布羅雅大聲抗議，接著鼓起腮幫子鬧脾氣。

「真是的……您太強了啦，列維烏斯大人。請您稍微放點水嘛。」

「是妳太弱了。妳的表情真的很好懂。」

「嗚嗚……我真的有那麼容易看穿嗎？」

「這個嘛，說不定看得懂的人只有我吧。」

畢竟我們從小一起相處。

列維烏斯這麼補充說完，從椅子上站起。

接著看向窗外。

「嗯，今天的天氣真的很好。」

「……我們真的可以這麼悠哉嗎？」

布羅雅一邊收拾撲克牌和火柴棒，一邊問著：

「居然在騎士團本部的勤務室做這種玩樂……」

「偶爾也需要這種日子啊。反正上次那件『奴隸解放運動』也沒花多少功夫就解決了。」

所謂的「奴隸解放運動」，是指前一陣子，在部分貴族間發起的要求廢除奴隸制度運動。

這個運動以一名貴族出身，而且擔任騎士團部隊長的男人——卡密爾．巴拉．耶爾丹為中心運作。

那是個訴求不再歧視亞人和奴隸，讓這個國家更好的運動——這是檯面上的說法。然而實際上，卻是一場由卡密爾這位極度歧視主義者主導的活動，他的目的是除掉所有奴隸。

那些不經思慮的貴族們參加這場活動，是因為他們相信這場活動是真的為了國家好——不過卡密爾把他們的善意拿來當掩護，企圖達成自己的目的。

他要廢除就某方面來說，也算是在保護亞人的奴隸制度，將亞人逐出國。並背地裡勾結國外的研究機構，企圖將國內的亞人當成研究材料賣給他們。

但最後，他的陰謀全部以失敗告終——

甚至丟了自己最重要的小命。

「……不過席恩‧塔列斯克的報告是真的嗎？」

布羅雅說道：

「原始史萊姆……現場出現了這種只在古文獻登場的傳說魔獸，然後吞食了卡密爾。」

「我猜應該是真的吧。我一時之間也難以相信……可是我實在不覺得那小子會說這種無聊的謊話。」

關於卡密爾的運動——騎士團原本就有在關注。

為了逮捕他，調查一直在進行。但卡密爾行事周全，而且聰慧狡詐，不管哪個地方都沒留下明顯的證據。此外，他和政府與騎士團高層的關係也頗深，使得搜查窒礙難行。

不過就在這個時候……

席恩捎來報告給列維烏斯。

報告說，卡密爾追著精靈奴隸來到艾爾特地方——卻被自己召喚出的原始史萊姆吞噬死亡。

「但不管怎麼說……我也不能就這麼原原本本地報告給高層。反正不會有人相信，隨便改寫真是做對了。」

列維烏斯收到席恩的報告後，這麼向高層報告：

卡密爾察覺有人在調查他，企圖逃往國外，卻在途中受到魔獸襲擊，已經死亡。

這是個闡述了粗略的真相，卻又摻雜著適當謊言的報告。

卡密爾死得屍骨全失，所以列維烏斯可以依照他的需求，想怎麼編就怎麼編。

之後，事情的進展很快。

卡密爾的死訊一傳開，他的幫手和私交頗深的人們都爭先恐後進行切割，宣稱自己是被害者，說他們都被卡密爾矇騙了。

眾人將所有罪責推給死人，事件就這麼輕鬆落幕。

「不管怎麼說，這次也受到席恩幫助了。要是沒有他的報告，現在事情一定會變得更麻煩。」

「您給那名少年的評價高過頭了。這次的事件只是個偶然不是嗎？」

「是偶然還是命運呢？不管是什麼，那小子天生就註定是這種命吧。無論他退到多深的地方隱居，世界還是不會放過他。」

列維烏斯在嘆息中輕笑說道。

「列維烏斯大人……」

「別露出這種表情，布羅雅。我不是在鬧彆扭。因為我是我，我只要做自己該做的事就行了。」

列維烏斯走近一臉擔憂的布羅雅身邊，並輕輕拍了拍她的頭。

「對了，下次休假一起去泡溫泉吧？」

「溫泉嗎？」

「是啊，提起席恩，我就想起來了。我記得那小子所在的艾爾特地方，是不是謠傳有個未開發的祕湯？」

「好像有……不過我記得這個謠傳一直沒有被證實喔。」

布羅雅說道：

「據說山林深處有個溫泉這件事本身已經有了實證，附近的領主和商會也有動作，可是礙於當地棲息著魔獸，因此時至今日都尚未成功開發。」

「……什麼嘛，原來是這樣。」

列維烏斯露出有些失望的表情。

「嗯……我實在沒心特地去幫人家開墾。我這個人又沒那麼好心。」

「如果您想泡湯，我可以幫您安排國內的名湯。」

「好啊，拜託妳了。」

「好的。那麼請問您需要幾名護衛和僕人呢？」

布羅雅問道。

這對她來說，是極為稀鬆平常的問題。

倘若身為大貴族的列維烏斯要在休假出門旅行，帶著眾多僕人出門便是慣例。根據不同的場合，還要不動聲色地遣送列維烏斯的替身到其他地方。

然而——

「不用。」

列維烏斯輕輕搖頭。

並筆直地看著布羅雅。

「兩個人就行了。」

「咦？」

「就我跟妳，兩個人就行了。」

「…………」

布羅雅一愣一愣地張著嘴。

「不喜歡嗎？」

「……我、我怎麼會不喜歡！我完全沒有這麼想！」

「這樣啊，那就好。」

「可、可是……這……這樣好嗎？和……和我這種人……」

「妳也不要這麼貶低自己。只有和妳在一起，才是我最放鬆的時候。」

列維烏斯露出一抹平穩的微笑，這麼說著。

「知道不是勇者的我──知道真正的我，卻還是認同我的人，就只有妳一個了。」

「列維烏斯大人……」

「呵呵，對了，我想到一個好主意了。旅行時，妳別再叫我『列維烏斯大人』了。就跟小時候一樣，直接叫我的名字。」

「呃……咦咦咦！您、您說這是什麼話？我怎麼能做那種事！」

「不行。這是命令。」

「什麼……怎……怎麼能這樣……」

這下布羅雅傷透了腦筋。

然而列維烏斯看著這樣的她，笑得非常開心。

那並非戴著面具的笑容，而是發自心底的開朗笑容。

羅格納王國的艾爾特地方。

在比商業都市維斯提亞更西邊，往國境方向前進的地方。

一行人乘坐馬車來到臨近的村莊後，徒步片刻。

席恩和四名女僕來到目標山麓。

「這裡就是有溫泉的山啊……」

席恩從山麓看著山頂這麼說著。

「調查山頂的溫泉就行了吧？」

「是的。」

雅爾榭拉從懷裡取出自己記錄的便條紙。

「人們知道這座山上的溫泉，是距今三年前的事。鄰近村莊的村人上山採山菜，碰巧發現溫泉。但是這座山林的深處——」

「是某個強悍魔獸的巢穴。」

席恩接著說出結論，雅爾榭拉則是點頭說了聲：「是的。」

「既然有溫泉，就能將此地變成繁盛的觀光地，並期待溫泉帶來龐大的收益。所以附近村莊、城鎮的首長還有領主多次雇兵討伐魔獸……卻總是以失敗收場。」

「嗯。」

「現在還有提供調查和開拓溫泉的賞金，聽說定期都會出現挑戰的人，但成果始終不太好。」

「說白了，只要想辦法解決魔獸，就能讓這個地方變成熱鬧的觀光地了是吧？」

雅爾榭拉和菲伊娜在酒館聽到的情報，就是這個溫泉。

維斯提亞的商業公會也期待這裡能發展出一個觀光地，所以才會提供開拓和討伐魔獸的賞金。

「除了魔獸，其實還有其他問題……就是調查溫泉的性質。從地理條件來看，這個地方湧出的溫泉……魔素濃度可能極高。魔獸之所以會住在這裡，可以料想或許就是喜歡魔素。」

所謂的魔素，指的是充滿在大氣和自然物品中的魔力能量總稱。

魔素在魔界到處都有——而人界也存在微量魔素，根據場所不同，濃度就不同。

魔素濃度高的地方通常都會是魔獸的巢穴。

「不管怎麼說，不爬到山頂，什麼都不會知道。」

就這樣，席恩他們五個人舉步進山，開始往山頂前進。

他們在深邃的林中穿梭前進。

現場留有試圖開拓溫泉地的人們行走後，踏平了土地形成的道路，但並沒有一條明確的登山路徑。

因此他們是沿著一條是路又不是路的小徑前進。

對普通人來說，這或許是一條險徑，但對席恩他們五個人來說，卻不是什麼大問題。

「唉……有夠麻煩的。這條路到底要走到什麼時候啊……？」

「欸，伊布莉絲，妳不要說這種掃興的話啦。是溫泉耶，溫泉，我超期待的。」

「嗯……也是啦，溫泉是很令人期待。」

「對吧？」

菲伊娜心情大好。而伊布莉絲雖然懶散，還是有那麼一點幹勁。

「欸欸，凪妳也很期待泡溫泉吧？」

「是啊。」

凪贊同菲伊娜的提問。

「我在故鄉很常泡湯，但來到大陸之後，就很少泡了。」

凪的表情看起來也很開心。

（果然來對了。）

席恩之所以會想來調查溫泉，當然不是為了賺那點小錢。

除了希望這裡成為新的觀光地，讓人們開心熱鬧，同時也想盡一點心力，讓女僕們開心。

（……畢竟平常因為我的關係，大家都不能出去玩嘛。）

由於無法控制的能量掠奪，席恩除了朔日，平常都不能前往有人的地方。

所以如果要外出，頂多只會到附近的城鎮。

其實只要席恩自己壓抑住，能量掠奪的效力就不會太強，倘若只有一、兩天，對他人幾乎沒有影響——儘管如此，他還是忌諱正大光明走在陽光底下。

席恩並沒有厚顏無恥到傷害了他人的健康，自己還能若無其事。

因此席恩他們很少全員一起外出。

女僕們大概也是顧慮到席恩，從沒有人針對這件事情抱怨過……但席恩依舊覺得過意不去。

不過——

這次來的溫泉位在未開發的地方。

既然周遭沒有人，就不必有所顧慮。

簡單來說——這是席恩以自己的方式，考量出的慰勞之旅。

當然了，這實在太難為情，他並未啟齒。

「席恩大人，就快到了……就要到魔獸的巢穴了。」

踏上山腹沒多久，雅爾榭拉便如此表示。

「我知道。」

席恩點頭回應雅爾榭拉的警告，同時放慢步調。

其他人也一樣。

「哼，我是不知道到底有多強的魔獸在這裡啦，但總不會有跟我們的程度不相上下的傢伙吧。」

「啊哈哈，也是啦～」

伊布莉絲和菲伊娜說得非常輕鬆。

畢竟他們是殺死魔王的勇者，以及魔王麾下的「四天女王」。

這五個人被區區野生魔獸打敗這種事，就算天翻地覆也不可能發生。

不過——

「妳們可別太鬆懈，伊布莉絲、菲伊娜。」

席恩卻開口告誡。

「因為可以的話，我想迴避戰鬥。」

「啊？少爺，你在說什麼啊？這裡的魔獸有那麼不得了嗎？」

伊布莉絲不服地說著。

「不，我不是那個意思——」

話還沒說完，席恩便停下腳步。

其餘四人也同樣駐足原地。

接著在須臾之間，四名女僕便站好位置，將席恩護在中央。

「嘿，好像來了。」

「一、二、三……啊～挺多的耶。」

伊布莉絲和菲伊娜顯露出好戰的笑意。

凪也伸手握住腰間的刀，雅爾榭拉則是以銳利的視線環伺周圍。

（……嗯。）

不知不覺間，席恩等人就被包圍了。

雖然沒有直接現身，魔獸從叢林間窺伺他們五個人的氣息仍滿溢在四周。

席恩和其他四個人很敏銳，都感覺到那股粗暴的氣息了。

（這股氣息……是從動物變化成的魔獸們嗎？）

產生魔獸的情況非常多樣——不過在魔王已死的這個時代，出現在這塊大陸上的魔獸，絕大多數都是因為野生動物受到魔素影響，而變化成魔獸。

這座山原本就因為魔素濃度很高而聞名。

因此住在這裡的野生動物們在魔素的影響下魔獸化——這麼想才是最合乎情理的吧。

「席恩大人，請您退後。我們來應付就足夠了。」

「別說我們了，一個人就夠了吧。反正都是些小嘍囉。」

「怎樣？誰要上？用猜拳決定嗎？」

「菲伊娜、伊布莉絲，妳們太鬆懈了。戰鬥都是有萬一的。」

察覺魔獸的氣息後，她們四個人立刻進入備戰狀態，然而看現在的態度，卻足見她們已經一口氣鬆懈下來了。

就連表面上維持著嚴肅表情的雅爾榭拉和凪，其實也出現幾分從容。

她們大概已經從周遭的氣息察覺到雙方力量差距懸殊了吧。

以一般世間的標準，圍在四周的魔獸算是很強的魔獸。

但和席恩等人一比較——就顯得微不足道。

如果以四名女僕來說，無論誰動手，都有辦法隻身一人秒殺牠們。

不過——

「妳們幾個都退下。」

席恩這麼說完，往前踏出一步。

「這次由我動手。」

女僕們聽了，都是一臉訝異。

這也難怪。

畢竟不管怎麼想，包圍著四周的魔獸都不值得席恩特地出手。

（……三十二隻嗎？）

席恩閉上眼睛，感應氣息的數量。

只要他使用探索能力，就算對方躲著，也能正確感應數量。

而且不只數量，就連對方的體型、樣貌也能大略知曉。

躲在林間窺探他們的魔獸，都是型態和狗、猴子、熊、鳥……諸如此類野生動物相近的魔獸。

（……這種作法應該是最好的吧。）

席恩整理好思緒後——

閉上眼睛。

接著下一秒……

轟！

魔力——

龐大且駭人的魔力從席恩體內散發出來。

那是單純的魔力波動，沒有直接攻擊力。

卻夾帶著實質的攻擊性。那股魔力充滿駭人的氣息，感覺好像一碰到，一切生命就會被吸乾一樣。

從席恩體內迸出的魔力呈放射狀向四周飛散——

隨後便傳出野獸四散林間的沙沙聲響。

幾秒之後，附近魔獸的氣息就這麼消失了。

就連一隻也不剩。

「嗯，結果還不錯。」

「您用魔力趕走他們了嗎？」

席恩點頭，說了聲「沒錯」回應雅爾榭拉的疑問。

「要是牠們昏倒，我也傷腦筋，所以一邊調整魔力，一邊威嚇牠們。看樣子進行得很順利。」

「為何要這樣……」

雅爾榭拉和其他三個人都是一臉困惑。

為什麼要特地做這麼麻煩的事呢？

她們的表情彷彿這麼說著。

「……我……是人類。即使身體變成這樣，我還是想待在人類這一邊。」

席恩說著：

「所以殺死攻擊村落的魔獸，我不會過意不去。妨礙人們寧靜生活的魔獸——對人類社會而言，只要是不請自來的客人，對我來說，就是應該驅逐的對象。」

可是——席恩繼續說道：

「這次不請自來的是我們。這裡是牠們魔獸的居所，我們則是闖進來的人。」

在這裡的魔獸沒有涉足人類的聚落。

牠們並未威脅人們的生活。

只是靜靜地生活在深山當中。

而此時出現了入侵者，所以他們只是為了守護自己的地盤才會現身。

「不過如果要把這裡變成觀光地，除掉附近的魔獸或許才是為了人類好……但不先調查溫泉的性質，一切都無法定論。所以也沒有必要白白殺生。」

「真是的，小席大人你就是人太好了。」

「真不愧是席恩大人。」

「您寬闊的心胸令屬下佩服。」

菲伊娜厭煩地聳肩，雅爾榭拉和凪則是一個勁地讚揚席恩。

「……妳們太看得起我了。這只是自我滿足而已。」

席恩別過頭。

「多虧少爺，那些魔獸好像真的全跑了耶。小動物就不用說了，連蟲子也不知道跑去哪裡。」

伊布莉絲確認周遭狀況後說著。

「既然已經沒有礙事的東西了，我們一口氣爬上山頂吧？」

「也好。」

席恩等人再度走上已經沒有魔獸氣息的山路。

不久之後，一行人抵達目的地。

「哇！好棒！真的是溫泉！」

菲伊娜以有些老掉牙的詞語歡呼。

這裡是山頂稍微開闊的地方。

岩石中央有個凹洞，溫泉水就積存在裡頭。

微綠的水面冒著熱氣，四周也充滿獨特的香氣。

未經人為干涉的天然溫泉就在眼前。

「還真的有。」

席恩鬆了一口氣地說著。

他原本以為可能只是單純的八卦或謠言，因此真的看見實物，讓他鬆了一口氣。

「沒想到爬上這種山之後，還真的有溫泉啊。」

「果真是祕湯。」

伊布莉絲和凪感動地說。

「欸欸，小席大人，我們快點下水嘛！」

「慢著，菲伊娜。要先調查成分。」

席恩拉住菲伊娜的手制止。

「雅爾榭拉。」

接著，他呼喚雅爾榭拉，並伸出手。

「好的。」

雅爾榭拉點了點頭，打開拿在手上的行囊。即使沒有具體的指令，她依舊拿出了席恩想要的玻璃瓶和藥品。

席恩拿過這些東西後，走近溫泉。

「……用肉眼看，水裡毫無疑問含有魔素。問題在於濃度是多少。」

他將手放入溫泉中，以便確認魔素的氣息。

接著他舀起少量溫泉，倒入玻璃瓶中，放入手上的藥品——也就是顏色會根據魔素的濃度改變的催化劑。

席恩仔細攪拌瓶中的水後，原本微綠的溫泉水變成接近紅色的顏色。

「結果怎樣，小席大人？」

「……果然，魔素的濃度有點高。」

飄蕩在山頂附近的氣息，以及魔獸化的動物們，綜合這些要素，席恩原本就有了某種程度的預測。但不知是幸或不幸，他的預測成真了。

這座溫泉含有極高濃度的魔素。

「這個濃度對普通人來說，已經是有害等級了。以人類的血肉之軀想必是不能泡的。如果要把這裡變成觀光地，就必須擬定對策。」

「咦……怎……怎麼這樣……」

「妳也不用擔心。我說的是對魔力沒有抵抗力的普通人下水會很危險，我們下去泡應該不會怎麼樣。」

「真的嗎！太好了！」

菲伊娜拋開不安，痛快地大叫。

「那就馬上開始泡澡吧！」

說時遲那時快，菲伊娜當場開始脫衣。

「什……蠢、蠢材！妳在做什麼啊！」

「哪有做什麼？既然要泡溫泉，就要脫衣服吧？」

「即使如此，哪有人會在這種地方脫衣服啊……我去另外一邊調查地質，要泡的話，妳們自己——」

「你在說什麼啊？小席大人當然也要一起泡啊。」

「啊？別說傻話了……我怎麼可能一起泡。」

見菲伊娜說得理所當然，席恩道出反駁。

「喂，妳們幾個也別不吭聲，說她幾句啊。」

隨後更要求其他三人幫腔。

沒想到——

幫腔反對的人一個也沒有。

伊布莉絲一臉無所謂，瓜則是臉龐微紅，緊閉雙唇。

至於雅爾榭拉，她早已打開隨身行囊，開始準備席恩的替換衣物。

「呃？奇……奇怪……？」

「少爺你當然要一起泡啊。」

伊布莉絲理所當然地說著。

「從我們決定要來祕境溫泉開始，我就想說會一起泡了耶。」

「……為……為什麼啊？我們怎麼可能……一……一起泡溫泉啊？」

「事到如今有什麼好害臊的？我們已經不是看到彼此的裸體還會害羞的關係了吧？我們在宅邸的澡堂，已經一起洗過幾百遍了。」

「才、才沒有幾百遍！我們所有人一起洗澡的次數也才三次！」

「……少爺你記得這麼清楚，你也很悶騷嘛。」

「什……嗚……嗚嗚……」

被伊布莉絲這麼一捉弄，席恩什麼話都說不出口。

這時候，被逼到絕境的他突然靈光一閃。

（對……對了！凪啊！這種時候拜託凪就行了！）

凪是四名女僕中最為高潔，而且最有禮貌的東方淑女。

如果是以擁有高度貞操觀念為豪的她，一定不會允許男女混浴。

「凪……妳也說點——」

「主、主公！」

席恩就像抓著救命稻草，出聲叫凪。然而凪卻打斷席恩的話，並且……

「這次屬下凪做好覺悟了！」

發出大吼。

席恩只能啞口無言。

儘管面容因為羞怯染紅，凪的眼神依舊蘊含堅定的意志。

她雙手抱著自備的木桶和毛巾。

該怎麼說呢……是一副已經準備好馬上要下去泡湯的模樣。

「當所有人在宅邸裡一起沐浴時……屬下總是因為難為情，沒能積極展開行動，侍奉您的腳步也跟著落後大家。男女一同泡澡實在不入流……屬下一直把這種常識當成藉口……」

「……不，我覺得妳這樣很對。」

凪沒有做錯什麼。

沒有必要糾正想法。

她並非把常識當成藉口，而是採取的行動很有常識。

可是……為什麼她現在卻想修正行動呢？

「但今天的屬下已今非昔比！自從您說要出門泡湯，屬下就想著事情會變成這樣，因此事前做好心理準備了！」

瓜亢奮地吼著不明所以的言詞。

「屬下不會再獨自忸忸怩怩地顧著害羞了，屬下會確實服侍您入浴！」

「…………」

席恩覺得自己就快昏倒了。

連瓜這個最後的良心也開始失控。

如今已經沒有任何隊友了。

被逼到如此絕望的狀況，讓他感到有些頭暈。

「您還好嗎？」

見席恩的身體搖晃，雅爾榭拉率先攙扶住他。

接著以慈母般溫柔的聲調開口：

「席恩大人，您什麼都不必擔心。」

「雅爾……榭拉……」

「我們一定會周到地服侍您入浴。」

從頭到腳，不遺餘力。

雅爾榭拉她——

如此說道。

她低頭看著席恩的那副眼神，充滿奉獻的慈愛之心——然而眼底深處卻又蘊藏著激情的火焰。

「……這樣啊。」

席恩以本能理解了，於是徹底死心。

他知道，他一定已經逃不了了。

溫泉位在山頂附近沒有林木的地方，因此可以一邊泡湯，一邊一覽山麓景致。

往下俯瞰，是一片深綠的山巒。

抬頭仰望天空，則是一片清澈的藍天。

「呼……真是舒服啊。」

伊布莉絲讓水泡到肩膀，一邊仰望天空，一邊發出幸福到極點的聲音。

她把腳伸長，是一副非常放鬆的模樣。

「凪，妳也泡得再放鬆一點啦。妳這樣很累耶。」

「……就……就算妳這麼說……」

身旁的凪受到伊布莉絲這句厭煩的指摘，含糊地回答道。

相較於伊布莉絲盡情解放的模樣，凪卻是扭著身體縮成一團，似乎非常害羞。她用雙手遮著胸口和兩腿之間，整張臉因羞怯染紅。

「妳不是做好心理準備了嗎？」

「……我……我覺得自己做好了啊。雖然做好了……」

「既然妳這麼難為情，乾脆用毛巾把自己包起來啊。」

「愚蠢。我怎能做這種事？泡溫泉還圍著毛巾，根本是不知禮數的人在做的事。」

「……妳真的很愛在奇怪的地方有奇怪的堅持耶。」

伊布莉絲嘆了口氣。

「凪，我跟妳說。」

「怎……怎樣？」

「我講白了，妳這樣拚命用手遮住……反倒更猥褻吧？」

「妳說什麼……！怎麼可能……」

「不，我是跟妳說真的。拚命遮感覺讓人更難為情，反而很色。」

「……反……反而更色？嗚……嗚嗚……」

「反正這裡只有我們在，妳就光明磊落一點吧。不會有人看妳啦。妳越想遮，別人可能會越好奇，覺得妳這麼拚命遮，是不是底下長了什麼不得了的東西。」

「……嗚……嗚嗚～我……我知道了。」

凪下定決心說道，然後試著挪開遮著祕密花園的手。但她似乎還是猶豫不決，那隻手就是挪不開。

「嗚……唔……」

「……凪，我跟妳說。妳在這種時候猶豫，也很色喔。」

「～～唔！妳……妳閉嘴……」

凪以氣若游絲的聲音說完，終於把手挪開。

她完全展露出自己的裸體，沒有絲毫遮掩。

「怎、怎樣？這樣妳就沒意見了吧？」

「…………」

「怎……怎麼了……妳說句話啊。」

「沒有啦，這該怎麼說……」

伊布莉絲一邊盯著全裸的凪，一邊說：

「我覺得妳……顏色很不錯耶。」

「——呃！妳、妳是指什麼！這、這是什麼意思！」

「我的意思是妳的乳——」

「嗚哇啊啊！別、別說了！不用說了！」

凪大叫之後，急忙用手遮住身體。

「嗚……嗚嗚……妳這個女人……明明說不會有人看的……！」

「啊哈哈，抱歉啦，抱歉。」

凪一臉痛恨地說著，伊布莉絲則是毫無歉意地笑了。

當這兩人如此喧鬧時——

躂躂躂躂。

一旁傳來赤腳跑在岩石上的聲音。

「嘿咻！」

菲伊娜隨著這聲吆喝，從岩石上起跳。

她蜷曲身體轉圈，就這樣一頭栽進水裡。

當她進水的同時，也掀起盛大的水花。

「噗哈！啊哈哈哈！天啊，超好玩的！溫泉太讚啦！」

浮出水面的她露出天真爛漫的笑容。

「菲伊娜，妳真是的。這樣很沒規矩喔。」

一旁受到水花噴濺的雅爾榭拉道出不滿。

「咦？無所謂吧？反正這裡只有我們，又不會礙到別人。」

「妳礙到我了啦。真是的……妳已經不是小孩子了，不要在澡堂或溫泉胡鬧。」

「哼，又沒差。」

「真是的……」

雅爾榭拉一臉無奈。

她的告誡化為空虛的言語，菲伊娜就這麼在池中游來游去。

一下子自由式，一下子潛水。

接著，她偷偷繞到雅爾榭拉背後。

「嘿！」

她唰的一聲。

一把抓住……

雅爾榭拉的——臀部。

「噫啊……等……等等，妳這是做什麼？」

「沒有啦，我想說這屁股好大，忍不住就抓下去了。」

「誰……誰的屁股大了！」

「雅爾榭拉妳的胸部很大，屁股也很大耶。前凸後翹的，真羨慕妳有這副好身材。」

菲伊娜老實地表現出敬佩的心情，同時瞻仰雅爾榭拉的裸體——但隨後，她的目光當中浮現了一道淘氣的色彩。

「……嗯，我改變主意了。我果然不怎麼羨慕，因為……」

說到此處，菲伊娜再度伸手一把抓住。

雅爾榭拉的——腹部。

「噫啊啊！妳、妳幹嘛！」

雅爾榭拉的反應比臀部被抓住時還激烈。

「啊哈哈，我就知道，雅爾榭拉……妳最近胖了一點吧？」

「——唔！」

「妳的胸部和屁股是很大，可是肚子感覺有點肉耶。這樣根本不是前凸後翹，而是水桶腰嘛。」

「妳……妳說誰水桶腰呀！」

雅爾榭拉紅著一張臉，遮著腹部反駁。

「雖……雖說胖了……那也只有一點點啊。真的只有一點點喔。胖這麼一點點，根本不是問題。根本不算胖！」

「的確是只胖一點點啦，可是啊，說到身材，還是我最棒吧！」

菲伊娜當場站起身，擺好姿勢展現自己的身體。

就像野生動物一樣纖細的肢體。

完全感覺不到有多餘的贅肉，是一副經過鍛鍊的身體。

「唔……」

只見雅爾榭拉以嫉妒的眼光看著那副肉體。

「……呵……哼，菲伊娜，妳根本沒搞懂。」

接著開始反駁：

「身體不是瘦就好了喔。對男性來說呢，有點肉比較有魅力。」

雅爾榭拉也跟著站起，就地擺好姿勢。

豐滿的乳房與形狀姣好的臀部。

腰部有著確實的線條，以及適當的脂肪，如此煽情到幾乎可說是暴力的肉體就在這裡。

「只有女人才會覺得越瘦越漂亮。」

「哼，我又不是完全的皮包骨。我雖然苗條，該有的地方還是有，是一副好身材。絕對是我的身材比較好。」

「不，是我。我才是真正充滿女性魅力的人。」

「唔……」

「唔……」

雙方互瞪了好幾秒。

「……這樣根本沒完沒了。」

「是呀，妳說得對。」

接著雙雙點頭。

「既然這樣——只能請小席大人裁決了！」

「就這麼辦。讓我們一決勝負吧！」

兩人同時往同一個地方看去。

看向溫泉的角落，也就是岩石的陰影處。

「小席大人，女人的體態應該要纖細緊實比較好看對吧？」

「席恩大人，女性稍微豐滿一點比較有魅力對吧？」

「……不、不要問我！」

席恩從岩石陰影處發出大叫。

他現在正遠離四名女僕，在池子角落泡湯。

那裡是溫泉池中一塊大岩石的陰影，是四名女僕看不見席恩——席恩也看不見女僕們的地方。

（嗚嗚……為什麼事情會變成這樣？）

不管怎麼努力，當時的氣氛都避不開混浴，席恩無可奈何，只好和她們四個人同時間進入溫泉。

但就算他們再怎麼親密，席恩依舊不敢和她們近距離泡在一起，所以在下水的同時，逃到角落去了。

儘管混浴這件事在宅邸已經有過幾次經驗……對年幼的少年來說，不管和年長的美女混浴多少次，依舊無法習慣。

「小席大人，你不要這麼說嘛。好好看著我們回答啊。快看快看，是我比較漂亮吧？」

「席恩大人！我的身體……才是您的喜好吧？」

「……都說別問我了吧？」

席恩以無力的聲音反駁。

此刻，雅爾榭拉和菲伊娜大概在岩石陰影的另一側搔首弄姿，以展現自己的魅力吧。

席恩不由得自行妄想她們的樣子，結果整張臉一口氣發燙。

「受不了。少爺，你要在角落縮到什麼時候啊？難得來泡溫泉，就放鬆一點嘛。」

「……妳要是這麼想，就拜託妳們讓我男女分開泡啊。」

「這是兩碼子事。」

伊布莉絲的態度真的是非常隨便。

「那個……主……主公，只要您想，您隨時都可以過來這裡喔。屬下會替您刷背。」

一旦下定決心，凪就積極得不像平常的她。

這讓席恩只能抱頭苦惱。

「……妳們每個人都一樣，把我耍著玩也該有點限度啊。」

席恩在岩石陰影處輕聲吐出這句老掉牙的台詞。

之後，席恩並未從陰影中出來，獨自一個人在角落泡到差點暈倒。

享受完溫泉後，女僕們開始準備野營。

他們原本計劃好，萬一溫泉地的情報只是謠傳，又或者溫泉的性質不適合席恩等人，他們就要直接回頭——但倘若不是，就在山中度過一晚。

說白了，就像露營。

女僕們負責搭帳篷、撿柴火等準備工作，席恩在這段時間，則是再度進行溫泉地的調查。

他不只要調查溫泉的性質，還要調查周遭的地質和魔素濃度。就這麼一邊使用帶來的器具，一邊以各種方法調查。

「嗯……」

「席恩大人，您調查得如何了？」

這時雅爾榭拉突然出現。

「嗯，大致上是結束了……」

席恩以嚴肅的表情繼續說：

「這裡的魔素濃度比我想的還要高。不只溫泉，甚至滲透到地層。山頂這一帶到處都充滿魔素。」

「如此一來……要把這個地方變成人類往來的溫泉地……」

「應該很難吧。要去除大地與溫泉的魔素，達到常人能接觸的程度……少說也要三年。」

「三年嗎？那還真是長啊。」

「不只時間長，同時也是一筆相當高額的花費。就算真的成功開發成觀光地，不知道能不能回本。而且……如果要去除滲透大地的魔素，就必須有高度的技術和危機管理。要是去除失敗，不慎刺激地層，可能有魔素延漏到周邊村落的風險。」

「既然風險這麼高……應該不可能進行開發了。那我們就這麼報告給公會吧。」

「不過……只要我集中精神作業，大概三個月就能清乾淨了吧。」

「不行喲。」

雅爾榭拉宛如要先發制人，搶先開口：

「您沒有必要為了城鎮的人，出力到那種地步。」

「…………」

「如果是非常緊急的狀態就算了，只不過是開發觀光地這種無關緊要的事業，您根本沒必要有更多的牽扯吧？畢竟就連您這趟調查行動，也幾乎是在做白工。」

「我……我知道。」

面對雅爾榭拉不由分說的語氣，席恩輕輕點頭。

「我也無意繼續幫助觀光地開發。」

「……真的嗎？您的心地非常善良，即使沒有人拜託，您也會為了城鎮的人行動。」

「別擔心了，我是說真的。」

見雅爾榭拉以懷疑的眼神盯著自己，席恩不禁苦笑。

「妳說得很對，繼續只為城鎮的人行動……該怎麼說呢？太不公平了。」

「不公平？」

雅爾榭拉不解地歪頭。

席恩環伺四周。

這裡有蓊鬱的林木，以及從林木縫隙可見的壯闊山巒景緻——

「這座山……是魔獸們的居所。」

剛才因為席恩的威嚇，魔獸們似乎都逃到隔壁山上了，現在可以說完全感覺不到氣息。

但是——

平常這個地方想必住著各式各樣的魔獸吧。

「我在調查地質和水質之際，看得很清楚。這裡是許多魔獸的居所。」

被咬過的果實，糞便痕跡，磨爪的痕跡，被踩出來的獸徑……這裡到處都看得見魔獸生活的痕跡。

「那座溫泉平時一定也是魔獸們在使用吧。」

「這樣啊……那裡是野獸的澡堂。我就覺得以天然溫泉來說，感覺有些過於完備。」

「魔獸中也有聰明的個體。大概是為了方便牠們自己使用，自行思考後改動的吧。」

席恩輕輕嘆了口氣。

「根據我的調查，這裡的魔獸沒有下山的痕跡。他們的生活圈僅限於這座山，沒有危害人類的跡象。既然如此……只憑人類單方面的利益，就讓這座山變成觀光地，我實在不是很願意。」

魔獸是著魔的野獸。

牠們的體內寄宿著魔性，有許多凶暴猙獰的個體，有時還會危害人類的生活。

然而——魔獸中也有溫和、不喜鬥爭的個體。

有許多魔獸對人類完全沒興趣，牠們會在遠離人群的地方結束一生。

兩年前……

自從魔王被打敗後，大陸大部分的魔獸都失去了牠們的暴戾之氣。

魔獸襲擊人類的事件仍然定期會發生——但絕大多數都是人類先對魔獸動手。

人們不是為了開墾，威脅魔獸的居住地，就是為了得到利牙或是尖角這些素材，進行狩獵。

當然了，世界並非不存在猙獰到無法應付，甚至喜歡吃人的魔獸，但真的非常稀有。

「真是的，您實在非常善良，席恩大人。」

雅爾榭拉開心地、自豪地微笑著。

然而席恩——

「我根本不善良。只是兩邊都不幫而已。」

卻有些自嘲地笑了。

（……真是難解啊。）

魔獸說到底就是魔獸。

人類厭惡牠們——而魔獸也不會親近人類。

對家人被魔獸奪走的人來說，牠們是必須被忌憚的對象，同時也希望牠們滅絕。

無法相容的種族對立，並不是用善惡就能蓋棺定論。

席恩吐出一口氣後——

「對了，雅爾榭拉。妳們準備得怎麼樣了？」

這麼問道。

「是，已經準備完成。」

「這樣啊。雖然有點早，就先吃晚飯吧。」

席恩快速收拾調查道具，和雅爾榭拉準備返回帳蓬區。

「仔細想想……這好像是我們五個人首度一起在外面過夜吧？」

席恩輕聲說著。

「好像是呢。」

「平常如果外出，頂多只會到維斯提亞……上次武鬥大會的時候是有訂房間，可是最後沒過夜就回家了。」

「…………」

「因為我這種體質，害得妳們一直不能出遠門。」

無法控制的能量掠奪。

除了一個月一次的朔日，那份能力都不會消停。

所以——席恩不被允許外宿或出遠門。

其實只要席恩壓制住，一、兩天對常人並不會有影響，但街上不全是健康的人。

倘若有生病、受傷的人，這樣的弱者就會受到能量掠奪影響。

席恩就是想避免那樣萬分之一——甚至是億分之一的可能性。

「……席恩大人，請您別放在心上。我們對現在的生活沒有任何不滿。」

「啊……不，妳不用擔心我。」

見雅爾榭拉一臉擔憂，席恩慌慌張張地搖頭。

「我沒有那麼在意。事到如今才煩惱這個體質也沒用啊。」

席恩已經厭倦自嘲和自虐了。

他已經學到，反覆後悔和悲觀其實無濟於事。

「所以我不是想向妳們道歉……我……」

席恩含糊其辭，最後還是開口：

「我……我是想說，我很期待。」

「咦……？」

「因為這是我們五個人第一次一起出來露營啊。所以……就是……嗯，怎麼說……我跟普通人一樣，覺得很期待喔。」

當初之所以決定調查溫泉，最主要也是為了這個。

想開發觀光地，幫助城鎮的人——他並非沒有這個心思，但不是最主要的目的。

他最主要——是想五個人一起旅行。

想要來一場溫泉之旅。

想要露營。

想和家人一起出遠門。

席恩所想的，就跟隨處可見的少年一樣。

雖然這件事太難為情，他實在說不出口。

「——唔！啊啊，席恩大人！」

一回過神來。

雅爾榭拉便緊緊抱住席恩。

「嗚哇！噗！」

席恩的臉埋進深深的乳溝之間。

柔軟的乳房和甘甜的香氣，就這麼圍繞在席恩身邊。

「別、別鬧了，雅爾榭拉……！妳幹嘛啊……？」

「真不好意思，不過是您不好喔。都怪您說這麼可愛的話，我才會忍不住。」

「不……不要說我可愛！」

大聲否定之後，席恩好不容易脫離乳溝。

「受不了……妳這個人實在是……」

「真是不好意思。」

雅爾榭拉雖然恭敬地低頭致歉，她的表情卻有一半在笑，根本沒有深切反省。

席恩大大嘆了口氣。

兩人就這樣走了一小段路。

「啊，是小席大人和雅爾榭拉，你們終於回來了。」

菲伊娜察覺他們走來，揮著手迎接。

在山中某個稍微寬敞一點的地方，搭著大大的帳篷，帳篷旁有個用石頭搭建的爐灶，爐灶上方放著鍋具。

鍋中裝有燉湯，站在一旁的伊布莉絲正在攪拌內容物。

「少爺，雖然還有點早，要不要開吃啦？我努力幹活做準備，現在肚子都餓了。」

「妳明明有一半都在偷懶。」

準備著食器的凪開口吐槽。

看見這樣的光景——席恩自然流露出笑意。

「走吧，雅爾榭拉。」

「好的。」

兩人開始奔跑，前往夥伴身邊。

席恩他們五個人首次的露營活動就這麼開始了。

第五章

前任勇者開始露營

Genius Hero and Maid Sister.4

大陸的某處。

又或者不在大陸上。

可能是比天空還高的地方。

可能是比深海還深的地方。

可能是在魔界，也有可能是不同次元的異世界。

到頭來，其實哪裡都無關緊要。

對「他」來說，棲身之所只是一種零碎的概念。

「──你這副表情我從來沒見過。」

冷冷的女音在這個哪裡也不是的場所迴響著。

同時，一道模糊的輪廓在這個本該什麼也沒有的空間中緩緩浮現，一個女人的身影就這麼出現。

是個面容一絲不苟的女人。

有著一頭耀眼的金髮，穿著白銀的鎧甲。

女人籠罩在一股勇猛的氣質之下——然而唯有她的眼神已經死去。

那是一對毫無生氣的空虛眼神。

女人名為——愛特娜。

不過那也是她還是人類時的名字了。

她過去以勇者的身分戰鬥，殺死魔王，拯救世界——卻被詛咒，對世界絕望，成了魔王，最後被另一個勇者所殺。

走過這遭滿是波瀾的人生後——她如今在這個哪裡也不是的地方，站在一名少年身旁。

「你這種表情可真新奇，諾因。」

「愛特娜……」

白髮的少年因為女人的聲音回過頭。

「諾因是誰……？」

「你的名字——你把這兩個字當成名字了吧？你不是向那名少年這麼自報姓名的嗎？」

「噢，我差點忘了。」

「我之前也說過了，不要忘記自己幹過的惡作劇。」

愛特娜輕輕吐出一口氣。

「看來你的狀況很不好。」

「……是啊。」

少年──諾因有氣無力地回應。

「說實話……我有點沒轍了。我無法控制自己的感情。我現在到底是覺得傷心？覺得煩躁？還是覺得失落……我甚至不知道自己現在有什麼感覺。我是第一次遇到這種情況。」

「畢竟史萊姆那件事，他完美地凌駕在你之上。」

「就是說啊……」

諾因聳了聳肩。

「一切都超出我的預期。那個少年──席恩・塔列斯克居然用那種方法凌駕我，並且獲得聖劍，我的計畫全亂了套。」

「你會亂了套倒是很稀奇。」

「別說稀奇了，根本是第一次。」

諾因說著：

「這是第一次。我以前從來沒有這麼不順遂過……」

「…………」

「以前明明一切都逃不出我的手掌心。可是……啊啊，該死。我第一次遇到這種勇者。」

「抱歉啊，我就是那個讓你很順遂的勇者。」

愛特娜不甘願地說道。

雖然表情沒有變化，卻聽得出來她的口氣有些彆扭。

「噢，抱歉抱歉，我沒有瞧不起妳的意思。」

諾因苦笑說道：

「妳是個極為優秀的人類，也是個出色的勇者。不只妳，妳以外的人也一樣。你們所有人都很強悍，很溫柔，很聰明……所以你們才會走上我設計好的道路。」

「你不是說『沒有瞧不起我』嗎？」

「當然沒有。我沒有瞧不起妳。我反而很敬重妳，很感謝妳。感謝妳在這部戲裡，完美扮演我要求的角色。」

諾因釋出的意思，彷彿說明他並沒有瞧不起愛特娜，而是純粹的誇讚。

愛特娜大概是認為繼續爭論也沒用，於是輕輕嘆了一口氣，放棄反駁。

「傷腦筋啊。」

諾因喃喃說著。

「實在是傷腦筋。說實話……我真的應付不來。事情不該是這樣的啊。我還以為會像以前一樣，在流水作業中輕鬆搞定，結果竟然在意想不到的地方觸礁。」

「…………」

「啊，放心吧——我不會死心的，妳不必擔心。」

「沒有人在擔心。」

愛特娜冷冷地回嘴，諾因卻不管她，繼續往下說：

「我不會在這種地方放棄整篇故事。要是在這裡封筆，就太對不起妳——不，應該是你們。」

「少以恩人自居。」

愛特娜說道：

「我對你描繪的故事沒有半點興趣，就算故事在這裡不上不下地結束，我也不在乎。現在的我只是個死人。我被你利用得一乾二淨，身體和心靈早已殘破不堪。我已經沒有感受得到憤怒和憂愁的心了。」

她以冷到骨子裡的聲音繼續說：

「我已經對世界毫無興趣。不管世界變成什麼樣子……我也完全無感。」

「妳說這話還真是無情。」

「我不知道我以外的其他七個人怎麼想，但我猜不管是誰，應該都一樣。我們都對你的故事沒興趣。」

「啊哈哈，我想也是。嗯，也是啦。」

諾因忍不住噴笑。

「無所謂，反正我也不是為了討你們歡心才做的。我之所以說對不起你們……嗯，怎麼說呢？純粹是自我滿足。」

「…………」

「我覺得不半途而廢，努力做到最後，對你們才是最基本的禮儀。」

諾因說著。

「好了……該行動了。雖然麻煩得要死，我也不能用這種方式放棄整篇故事。」

說完這句彷彿告誡自己的言語後，諾因就這麼消失了。

只剩愛特娜一個人留在這個哪裡也不是的場所。

然而她的輪廓卻漸趨模糊。

她的身體慢慢變得稀薄，就像熱浪那樣搖擺。

「……我果然沒見過。」

在身體逐漸消失之際，愛特娜輕聲呢喃著：

「諾因，這是我第一次見到，你——那麼樂在其中的表情。」

女人只留下這句話，身體完全消失無蹤。

燉湯、烤肉、烤魚，還有微量的酒。

吃完晚餐後，他們五個人圍著火有說有笑。

他們在夜空下享受著露營樂趣。

其實關於野營的經驗——席恩並不是沒有。

兩年前，他以勇者小隊的成員行動時，常和夥伴們搭帳棚過夜。

但那也只是因為當時正在戰爭。

只是因為在敵陣或是物資短少的地方，必須一邊輪流警戒，一邊悄無聲息地度過夜晚。

因此對席恩來說，這是第一次。

他第一次享受只為玩樂的野營。

一群人嬉鬧得忘卻時間後——

他們五個人躺在帳篷中。

根據事前討論的結果——他們只帶了一頂帳篷。

他們計劃五個人一起睡在一頂大帳篷裡。

雖然事前已經決定好這麼細的細節——但他們似乎就是註定如此。一旦開始實行，還是引發了一波騷動。

「我才不要咧！我要睡小席大人旁邊啦！」

「菲伊娜，妳在說什麼傻話？今天應該是輪到我侍寢吧？要睡在席恩大人旁邊的是我！」

「今天是露營吧？所以輪值表要歸零重來啦！」

「這是什麼時候決定的啊！」

「說到底，這頂帳篷睡五個人本來就太擠了，要是雅爾榭拉妳睡旁邊……小席大人不是會被妳擠到熱死嗎？」

「妳這是什麼意思啊！」

「我哪有什麼意思？沒有啊～」

「受不了妳們，怎樣都好啦，快點睡吧。我已經快睏死了……」

「喂，伊布莉絲……妳的位置占太大了。」

「啊？凪，妳說話別這麼死板啦。我很纖細，要是沒有足夠翻身的空間，我睡不著覺啦。」

「明明到處都有辦法打瞌睡，妳怎麼有臉說這種話啊……」

「凪妳要是覺得擠，坐著睡不就得了？妳以前不是常抱著刀，坐在地上睡覺嗎？」

「現在不是戰時，我們人也不在敵營，我哪受得了那麼睡啊？我也想舒舒服服地睡一覺啊。」

「是喔。妳說歸說……其實妳也想和少爺一起睡吧？」

「什！妳、妳說這是什麼蠢話……！我才沒有那麼想……平常之所以侍寢，也只是因為服從主上的命令，所以我……」

「哈哈哈，妳臉都紅了喔。」

「唔……那……那妳又如何，伊布莉絲？」

「啊？」

「妳其實也……想和主公一起睡吧？」

「什……什麼？妳……妳說什麼蠢話啊……我又沒有……我本來就主張自己一個人睡，侍寢是因為命令才幹的……」

「是喔。妳臉紅嘍，怎麼啦？」

「唔……妳……妳也變得很敢說了嘛，凪。有趣，跟我到外面去。有人敢挑釁，我就敢買單。」

「行啊。我接受妳的挑戰。」

「啊啊討厭！我生氣了，雅爾榭拉！我們一對一單挑解決！」

「正合我意！既然要戰鬥，要我同時對付妳們所有人都行。讓妳們見識一下女僕長的實力！」

帳篷內的騷動越演越烈，最後幾乎演變成即將出去外面來一場大亂鬥了。

「妳們給我適可而止！」

不過因為席恩一聲喝道，爭吵平靜下來了。

最後她們決定——用抽籤方式安排睡覺的位置。

位置決定好後，每個人各就各位，並熄燈。

剛開始他們還有一句沒一句地談笑了一陣子，最後也宣告結束。

只有規律的呼吸聲充斥在帳篷內。

夜悄悄地變深。

然後……

就在時間大概越過午夜時——

「…………」

啪的一聲。

席恩睜開眼睛。

他抬起還留有些許睡意的腦袋，不自覺地環伺帳篷內。

（奇怪……？）

不在。

有一個人不在。

其他三人都安詳地睡著，卻只有一個人不在。本該是那個人睡覺的地方，如今空空如也。

（……菲伊娜？）

席恩靜靜地走出帳篷，然後在附近散步。

今晚是個寧靜的夜晚。

只有風吹動林木的聲響不斷傳出。

當席恩依靠月光，走在昏暗的森林中——

在稍微空曠的地方發現了菲伊娜。

接著，他不禁屏息。

「…………」

她——正翩翩起舞。

就在月下，一個人獨自舞動。

那是一種從沒見過的舞蹈。

或者，根本不是一種舞蹈。

席恩覺得菲伊娜的舞姿和將技術系統化的舞蹈、舞踊有些不同。她的動作完全不統一，也沒有規則性。

一下婀娜，一下狂野

看起來彷彿隨興擺動著手腳——

要說粗糙，確實粗糙。

她的舞姿完全沒有困難的技術。

她的動作是小孩子都會的擺動。

可是——不知為何，就是會目不轉盯地盯著看。

白雲終於飄動，被蓋住一半的月亮現出原形。

原來今晚是滿月。

隨著感情和本能，以夜色為背景無聲舞動的她，美得無法只用一句話來形容。

席恩的心靈受到震撼，說不出話來，就這麼看得入迷。

「……嗯？哎……哎呀？」

這時候，菲伊娜發現席恩了。

她停止舞步，小跑步靠近。

「小……小席大人……？你怎麼在這裡？」

「不小心醒來了。」

席恩開口回答表情有些為難的菲伊娜。

「……原來妳真的很會跳舞。」

當席恩聽到菲伊娜在維斯提亞的酒館表演跳舞，還覺得極為難以置信。

當然了，他也不認為那是謊言，只是他完全無法想像菲伊娜跳起舞來的樣子。

不過如果是現在，那他可以接受。

看到那麼精湛的舞蹈，任誰都會著迷。

並非撼動腦袋，而是心靈的本能之舞。

如果是專家以技術性的角度來評分，結果大概好不到哪裡去。即使如此，她的舞姿還是有某種——某種蘊含了超越技術的東西。

「嗚哇……討厭啦，小席大人你果然看到了……好難為情……」

「為什麼要害臊？妳跳得很美啊。」

「不不不，那才不是什麼大不了的舞蹈……而且你不覺得很丟人嗎？晚上自己一個人跳舞，感覺好像很自戀……」

菲伊娜害臊的重點還真教人摸不著頭緒。

她抓了抓頭。

「其實我也是睡到一半醒來。」

接著輕聲說著。

她抬起頭，仰望夜空。

她的視線前方，是一輪散發藍白光暈的滿月。

「是因為月圓的關係嗎？我莫名變得很亢奮，精力很充沛……然後忍不住就開始跳舞了。」

最後她苦笑著繼續說：

「我出生的時候，也是這種滿月的晚上。」

「…………」

雖然臉上在笑，表情卻浮現一抹悲痛的色彩。

那讓席恩也跟著心痛。

「金狼(Managarmr)」。

這個名字代表「噬月之犬」，是傳說中的魔狼。這種魔狼是在魔界被喻為天災的儀式當中誕生。

據說魔界數百年會迎來一次魔狼大量出現的時期。

過度增加的魔狼集團會成為黑色的海嘯席捲大地，在魔界各地帶來莫大的災害。

以人類世界來說——就像蝗害這樣的現象。

某個種類的飛蝗一旦碰上生存環境密度過高，就會產生所謂「群聚效應」的變化。

飛蝗產生「群聚效應」後，翅膀會比一般個體還長，腳較短小，顏色較黑——而且較猙獰、凶猛。

牠們會吃光各地作物，同種的飛蝗甚至會自相殘殺。

這種黑色的飛蝗群會覆蓋整片大地，在人類世界被視為天災恐懼，不同的地區還會把飛蝗稱作惡魔的化身，極度厭惡牠們。

因此——

在魔界產生的魔狼大量出現現象，也和蝗害類似。

生長在環境密度過高的狼群會變得更加凶暴、凶殘，牠們會順著自己的食慾，吃光整個魔界。

為了應付這種災害——以當代的魔王為首，魔界的能者們展開行動。

過度增加的狼群就連魔界的能者們也無計可施，不過在他們出力的結果，魔狼的數量已經漸漸地、漸漸地減少。

然後——在最後關頭。

幾名賢者絞盡腦汁，擬定出將狼群關在一個地方的計畫。

魔王他們將魔界的某一部分變成沙漠——接著把六百六十六匹狼引誘到當地，利用結界封閉整個空間。

沙漠地區白天灼熱，晚上極度寒冷，宛如地獄一般。

在那個別說草木，連水都沒有的世界，被隔離的狼群於是——開始自相殘殺。

為了擺脫飢餓，牠們毫不猶豫，對著身旁的同族露出利牙。

牠們順著食慾，順著生存本能，一個勁地貪婪索求。

無論是腦、眼球、五臟六腑，甚至連一滴血也不放過，完全啃食殆盡。

一頭又一頭，那是每天數量都會減少的生存競爭。

在以血洗血的鬥爭和餐食之後，魔狼們的魔力互相交融，提煉成更濃烈的色彩。

結果最後剩下的一匹狼——演變成擁有巨大魔力的存在。

有著撕裂一切的利爪，以及啃食一切的尖牙。

然而——

四周已經沒有任何人了。

她的身邊已經沒有同伴和餌食了。

就算擁有再強韌的尖牙利爪，卻已經沒了應該啃食的對象。

被血染紅的沙漠上，只有她一個人。

已經無法自相殘殺了。

在地獄般的自相殘殺盡頭等著她的——是絕對的孤獨。

只有美麗的滿月靜靜照著她。

隨後她——咆哮。

對著月亮咆哮。

既是狼的遠吠，也是新生兒的啼哭聲。

同時——也是慟哭。

她就這麼獨自在沙漠當中，不斷地不斷地咆哮。

卻沒有人回應她。

「……為什麼啊？為什麼我要大叫啊？」

菲伊娜滔滔不絕說出自己的過去後，困惑地笑道。

「我覺得……我好像是順著高亢的情緒在大叫吧。應該就像那個吧？人類出生的時候不是會哭嗎？」

「……是啊。」

「大概就是那樣吧。因為我也算是在那天出生的嘛。」

「…………」

「我幾乎沒有更早以前的記憶。其實也不是完全沒有啦……要怎麼說啊？好像不是我的，是別人的記憶——不對，我說反了。」

菲伊娜傷腦筋地說道：

「那一天——某個人（我）變成了新的我（某個人）。」

「…………」

無數魔狼的魔力在慘絕人寰的自相殘殺後互相交融，經過提煉後，變得更加濃烈。

因此可以假設——當時記憶和魔力一起交融了。

結果造成搞不清最後生存下來的那一匹狼的靈魂和人格是哪一匹個體。

是哪一匹狼的人格存活下來了？還是無數個體的人格整合成一個了？

席恩就不必說了，連菲伊娜自己也不清楚。

「我一直叫，一直叫，叫到喉嚨都啞了，依舊叫個不停……但還是沒有人回答我。我身邊只有沙子，什麼都沒有……」

在沙漠誕生的狼持續咆哮。

那一定就跟嬰兒哭著索求雙親是一樣的行為。

來人——

她不斷索求自己以外的任何人。

即使如此——她的聲音依舊沒有人聽見。

那是魔王等人集結智慧，為了消滅魔狼而做的沙漠。在最後的個體死亡之前，結界都不會解開。

「等我的喉嚨完全毀了，不管怎麼叫，都只會流血之後……我——開始跳舞。」

菲伊娜說著。

「跳舞……？」

「嗯。不過與其說是跳舞，其實說是發洩比較正確吧。我什麼都沒想，只是隨著湧出的情緒，隨便擺動而已。」

啊哈哈。

菲伊娜無力地笑著。

「很莫名其妙吧？就算做那種事，也只會讓肚子越來越餓，只會提早餓死……可是我還是一直跳。就我一個人，一直……」

「…………」

在沒有食物，也沒有水的極限狀態，喉嚨沙啞後，獨自一人毫無意義地持續跳舞的意義──席恩覺得他似乎能夠理解。

孤獨。

那種無盡的空虛感，如果只有一點點，那麼席恩也能理解。

被逐出王都之後的一年──席恩獨自進行流浪之旅。他不與別人有所牽扯，不融入群體之中，避開人類的居所持續行走。

當他找到現在居住的宅邸，並開始住進去之後，那股空虛依舊沒有改變。

每天過得就像快被孤獨壓垮。

（……但我的孤獨，應該比不上菲伊娜吧。）

雖說孤獨，席恩卻不愁飲食，也能藉由書籍和報紙得知外界的情報。

一個月甚至能上街買東西一次。

但是——菲伊娜不同。

既沒食物，也沒有水，除了她自己，周遭更是只有沙的沙漠之地。

自相殘殺後誕生的生命，就連自己的記憶也曖昧模糊，她卻只能站在那種極限之地生存。

兩者孤獨的性質很明顯不同。

所以——席恩才覺得自己能理解。

不斷咆哮到喉嚨沙啞之後，她之所以跳舞的理由。

「我大概是希望有人看我吧。」

菲伊娜說道。

答案和席恩推測的相同。

「誰都好，我希望有人看著我。我希望有人注意到……我在這裡，我在呼吸。」

所以我用盡全力跳舞。

菲伊娜這麼說著。

以真正的意義來說，用盡了全力。

她不顧一切，用盡心力，試圖驅使自己的身體，證明自己的存在。

希望有人看著自己。

希望有人發現自己。

被不是自己的某個人——

（所以菲伊娜的舞蹈才會那麼……）

菲伊娜的舞蹈欠缺技術性，也毫無風格可言，卻不知為何撼動人心，席恩總覺得自己明白箇中理由了。

菲伊娜的舞蹈是她排解孤獨的唯一手段。

希望這股尋求他人的激烈慟哭，能透過舞蹈傳進他人耳裡。

「不過到頭來還是白費工夫啦。不管我怎麼跳，也只是徒增空虛。根本沒有人注意到我。」

如此自嘲地說完，她仰望夜空。

「有月亮的晚上……可能就不算太糟。因為那讓我覺得，還有月亮看著沒人關注的我。」

「…………」

「呃……啊哈哈，把月亮當成觀眾是不是太空虛啦？」

菲伊娜半開玩笑地說著，並聳了聳肩。

「結果我自己一個人不知道跳了幾年……？我當時已經完全失去時間觀念了，所以也搞不太清楚。」

如果是人——在沒有水源的情況下，撐不到三天就會死。

但魔族的身體構造和人類不同。

更別說——是魔力大到被稱作「金狼」的個體，她的生命力想必頑強到其他人無法比擬。

卻也因為這樣——見識到慘絕人寰的地獄。

無論多麼飢渴也死不了的活人地獄——

「不管我再怎麼跳舞，一切還是沒改變，到最後我的身體終於來到極限，動也動不了……就在我快餓死之際——結界被解開，然後魔王大人把我放了出去。她說只要我當她的部下，就會救我。」

那大概不是幽禁菲伊娜的魔王，而是下一代魔王吧。

也就是兩年前——被席恩殺死的魔王。

（從這邊開始的故事我就有聽說了。）

這件事雖然是席恩出生前的故事，卻是廣傳到人類世界的傳言。

大家都說被幽禁在沙漠的傳說魔狼加入魔王麾下了。

「之後的事你也知道，我照著魔王大人的命令行動，然後在不知不覺間被稱作『四天女王』，和你展開戰鬥……可是該怎麼說呢？」

菲伊娜垂下眼角，吐出一股憂愁。

「我的人生還真空虛啊。」

「空虛……」

「一出生就無親無故，之後一直聽從命令去戰鬥……真的是什麼都沒有的人生。」

「……妳現在也這麼覺得嗎？」

席恩不安地詢問。

但菲伊娜——

「咦？」

卻擺出一副意想不到的表情。

隨後她噴笑。

「噗……啊哈哈，小席大人，你在說什麼啊？這怎麼可能嘛。」

菲伊娜說著。

以堅定的態度明確地說：

「那都是以前的事，過去式了。我現在完全、一點都不覺得空虛喔。現在是我覺得最開心、最充實的時光。」

「這……這樣啊。」

席恩害羞地別過臉。

在不安的驅使下，他忍不住詢問這種問題。但一見對方否定得如此堅定，現在他只覺得難為情。

「小席大人你忘了嗎？我記得我以前說過吧……只要和你在一起，我就覺得活著很舒適。」

她確實這麼說過。

武鬥大會時，席恩和菲伊娜兩人單獨待在旅店，她當時躺在席恩的大腿上這麼說過。

——只要和你在一起，我就覺得……該怎麼說呢……覺得活著很舒適。比過去我待過的任何一個地方都舒適。

「難道你沒聽懂我的意思？自己說這種話是很厚臉皮，可是我覺得我現在每天都活得很快樂喔。」

「……也對。」

「啊哈哈，你不否定啊？」

菲伊娜嘻嘻笑著

席恩確實無法否定。

因為菲伊娜——她真的每天都活得很開心。

「我一直想要的東西……我猜自己一定是總算拿到了……那是從出生瞬間就一直尋求的東西。只要在一起，就感覺得到『自己不孤單』的重要家人……」

菲伊娜平靜地笑道，最後臉卻慢慢漲紅。

「……嗚哇，好丟臉。我好像說了什麼很丟臉的話耶……！」

「這沒什麼好丟臉的吧？」

「哪有？很丟臉耶！我居然說了家人……嗚哇，果然是因為滿月讓我變得比較亢奮嗎？欸，小席大人……不可以跟其他三個人說我剛才說的事喔。」

「好啦好啦。」

席恩一邊苦笑，一邊點頭答應。

「話說回來……可以看到妳的舞姿真是太好了。自從我聽說維斯提亞的事之後，就一直想著有機會要見識見識。」

「原來是這樣啊？只要跟我說一聲……嗯……我有興致的時候就會跳給你看了。就用……更性感的打扮。」

「不需要。不過菲伊娜，如果妳有興趣，要不要學得專精一點？」

「咦？」

「妳以後也打算繼續在那個酒館跳舞吧？」

「嗯，有興致的時候吧。」

「既然這樣，我覺得妳去正規的地方學習也不錯啊。如果要錢，我可以替妳出。」

「呃，這……個……要……要學嗎？嗯，我稍微考慮一下……」

當他們說完這段話——

「——呃？」

菲伊娜突然抬起頭來。

接著回過頭，望著遠處。

「菲伊娜，怎麼了？」

「……好像……有叫聲。」

「什麼？魔獸嗎？」

「嗯，應該是……」

菲伊娜這話說得有些沒信心。

論聽覺和察覺氣息的能力，菲伊娜在席恩之上。

既然她說得這麼曖昧，代表對方在很遠的地方，或者——氣息非常弱小。

「感覺應該是不會過來攻擊我們。聲音很小……而且好像很弱。」

「很弱……？」

席恩也往菲伊娜的視線方向看去，並集中精神。

在遠方，好幾公里前方。

氣息弱到若不集中精神，就感覺不出來。

「……的確有魔獸。而且……牠的氣息感覺隨時都會消失。」

「小席大人，我們過去看一下吧。」

「好。」

兩人在森林中奔馳，往發出氣息的方向跑去。

幾分鐘後，他們抵達發出氣息的魔獸身邊。

「……幼犬？」

在那裡的是——一隻幼小的狗。

看起來是黑色毛皮的小型犬，不過在牠身上感覺得到一絲魔力。

是魔獸沒錯。

是一隻還沒有多大力量的小魔犬。

「小席大人，牠……好像受傷了。」

小魔犬倒在大樹的根部旁。身軀有一道很深的傷口，傷口正不斷流著血。

牠的眼神已經無力，感覺呼吸即將停止。

「小席大人……」

「我知道。」

席恩點點頭，對著幼犬伸出手。

然後發動治癒魔術。

自從變成不死之身，不需要治癒自己的身體之後，席恩使用治癒魔術的技術就變得比以前還要差勁。

但即使如此，還是擁有遠比一般魔術師更強的能力。

（出血好嚴重……不過傷口本身並沒有很深。）

席恩一邊觀察症狀，一邊調整力道。

只用了幾秒，傷口就痊癒了。

「好，已經沒事了。」

「太好了，真不愧是小席大人。」

傷口痊癒的魔犬一開始還不明所以地轉著頭，不斷望著傷痕和周遭，隨後才精神飽滿地開始吼叫。

「啊哈哈，牠在謝謝你喔，小席大人。」

「哦，妳聽得懂狗語啊？我現在才知道。」

「等等，你幹嘛一臉認真地分析啊？就算我是狼，也聽不懂狗語啦。我只是順勢這麼說而已。」

席恩真心的誤會，惹來菲伊娜無奈地吐槽。

「嗚～哇～這隻狗有夠可愛的。小乖乖，來這邊。」

菲伊娜雙眼發亮，蹲下來對魔犬招手。

或許是感覺到這兩個人替自己療傷的恩情，魔犬並未警惕他們，直接靠上來。

菲伊娜一把抱起牠，緊緊抱著牠磨蹭臉頰。

「呀～好可愛！超可愛的！毛絨絨的，牠的毛超好摸！」

「……太誇張了吧。」

「小席大人，你幹嘛？嫉妒嗎？你不用鬧彆扭，下一個就輪到你了。」

「別、別鬧了！我才不是想讓妳蹭臉頰！」

「咦……？」

見席恩全力否定，菲伊娜不禁愣住。

「我的意思是我接下來會把小狗給你，讓你揉他的毛耶……」

「……什！」

席恩再次會錯意。

而且這次的會錯意相當羞恥。

相當然耳，菲伊娜露出不懷好意的笑容。

「嗚哇～小席大人真是的，你在期待什麼呀？你這麼想磨蹭我的臉頰嗎？只要你說一聲，我就會照做了啊。」

「囉……囉嗦！別過來！不要靠近我！」

「啊哈哈，不然這個給你，輪到你嘍。」

菲伊娜說完，將小狗交給席恩。

席恩戰戰兢兢地抱過小狗，接著摸摸牠的毛。

（哦……）

這種毛絨絨的手感，的確非常舒服。

兩人享受過一輪後，把小狗放回地上，但小狗似乎相當黏人，不管席恩他們走到哪裡都會跟上來。

「這隻小狗為什麼會落單啊？」

「……大概是我的威嚇害的吧。可能是父母或同伴要逃離這一帶的時候，和牠走散了。」

「啊，這樣啊。因為受傷了，才慢了一步。」

「不……這很難說。」

按照常理思考，理應認為牠是因為受傷，才跟不上同伴的腳步。但若真是如此，牠身上的傷痕卻太新了。

牠極有可能是在走丟之後，才在某個地方受了傷。

（……不過不管是哪一種，一樣跟我的威嚇脫不了關係就是了。）

席恩不禁有些自責。

「是喔是喔……你一個人很寂寞吧？」

菲伊娜再度蹲低身子，小狗也跟著靠近她。

「啊……討厭，你真的好可愛。欸，小席大人，這隻小狗能不能養在我們家啊？」

「什麼……？」

「可不可以帶回宅邸養？我會好好照顧牠的。」

「……不行。魔獸規定不准靠近人類的聚落。」

魔獸就是魔獸。

現在是還小而且黏人，但以後繼續成長，會變成什麼樣子沒有人知道。

而且魔獸本來就不喜歡人類的氣味，親近人類的魔獸極為稀少。

因為菲伊娜是魔族，席恩現在也是接近魔族的狀態，這隻小狗的戒心才沒有那麼強，但席恩無法預測牠會對其他人類有什麼樣的反應。

此外，這隻魔獸的母親和同伴也有可能追著牠，來到人類的聚落。

考慮到各種風險，席恩無論如何都不能同意。

「什麼？為什麼不行？只要不把牠放出宅邸不就好了？」

「要是把牠關著，那不是很可憐嗎？」

而且——席恩繼續說道：

「就算是宅邸裡面，也不代表一定安全。畢竟宅邸裡……有我在。」

菲伊娜「啊」一聲，露出對自己的失態感到羞愧的表情。

席恩這副受到詛咒的身體，會吸取周遭生物的生命力。

能量掠奪。

「四天女王」有眷屬契約，所以不在影響範圍內，但——除此之外，毫無例外。

一旦養了狗，無論席恩再怎麼壓抑，狗的生命力仍舊會在日常生活中慢慢被吸走，然後逐漸死亡。

「要是和我一起生活在宅邸裡，這個小傢伙撐不到一個月就會死了。而且牠也不可能和我締結眷屬契約。妳們是高階魔族，所以契約才能勉強成立，低階魔獸根本撐不住。」

席恩淡漠地說著。

「所以我們沒辦法養牠。對不起。」

「……沒關係，我才該道歉。是我太興奮了。」

菲伊娜老實低頭道歉。

「小席大人說得對，這孩子在這座山裡一定有牠的家人。」

菲伊娜正面面對小狗，說出死心的話語。

不過她臉上的表情卻越來越迷惘。

「嗚……啊……小席大人，我問你。我放棄養牠了，所以今天一天，可以讓我跟牠一起睡嗎？」

「…………」

「我不會把牠放進帳篷。我就跟牠在外面睡。」

「……唉，隨便妳吧。」

「耶～我最愛小席大人了！」

席恩夾雜嘆息這麼說後，菲伊娜隨即發出痛快的歡呼聲。

深夜——

「好了，小席大人，差不多該睡了。」

菲伊娜寶貝地抱著小狗說道。

「不，我還要再走一會兒。妳先回去吧。」

「嗯？怎麼？要尿尿？」

「……就算是，不要問才是禮貌。」

「啊哈哈，好啦，知道了。那我就先回去了。」

菲伊娜輕佻地道別後，就這麼離開。

她往帳篷的方向走去，但她說過要和小狗一起睡，所以想必會睡在帳篷的後方，直到天亮吧。

在滿月之下——

只剩自己一個人的席恩慢慢閉上雙眼。

「……好了。」

接著——睜開閉上的眼睛。

他的眼神蘊藏著銳利又堅定的光輝，和剛才面對菲伊娜的眼神完全不同。

那是戒心和敵意。

以及不會動搖的覺悟。

席恩以如此意志堅定的眼神回過頭。

「讓你久等了。」

他——就在那裡。

感覺彷彿打從一開始就站在那個地方。

以月光為背景，站姿非常自然。

他有著一頭白髮和泰若自然的面容。

纖細又瘦小的身形。

乍看之下就像隨處可見的少年，但席恩總是能從他的身上感覺到一股令人毛骨悚然的異樣感。

異樣感少到反覺詭異。

過於自然到不自然。

簡直就像感到矛盾本身也是個矛盾——

「好久不見了——席恩。」

少年——諾因說道。

以極為熟稔，彷彿舊識般的口吻。

「上次見面是武鬥大會吧。」

「是啊。」

「話雖如此，我卻沒有好久不見的感覺。因為我始終關注著你的動向。」

「…………」

「不管怎麼說——我很高興你回應我的呼喚。」

諾因輕佻地笑著。

席恩閉緊雙唇，以凶狠的表情瞪著他。

剛才——

在帳篷裡的席恩之所以清醒，既不是為了小解，也不是發現菲伊娜不見。

而是受到呼喚。

他不知道方法。

但他感覺得到自己受人呼喚。

他只能說「感覺到了」。

只能說「憑感覺隱約明白」。

有人利用莫名其妙的未知手段，向席恩的心攀談。

說著「我想和你單獨談話」。

光是這樣——就很夠了。

對方根本不必自報姓名。

席恩被譽為神童，精通各式各樣魔術，對方使用連他都毫無頭緒的聯絡手段——這樣反而成了一種再明顯不過的另類名片。

「你找我有什麼事，諾因？」

席恩一邊警戒著對方，一邊說著。

「算不上有事。我純粹是——來誇獎你罷了。」

「誇我？」

「沒錯……要說我是乾脆來向你投降的也行。」

諾因獨自開心地說著令人摸不著頭緒的話。

接著——

「史萊姆那件事……真的是非常精彩。」

他繼續說道。

以真心稱讚席恩的口吻說道。

「……那隻史萊姆果然是你派來的嗎？」

「當然是我。」

諾因點頭。

對方如此乾脆地承認，總教人覺得渾身不對勁。

「不過你果然看穿了那是我的傑作。」

「…………」

「傷腦筋啊。為了設下陷阱讓你跳下去，就必須準備超乎常理又不講道理的手段……可是這麼一來，不管我怎麼做，事態都會變得於理不合。」

呼──諾因無力地吐出一口氣。

「一旦做了超乎常理的事，你一定會懷疑是我在背後牽線。哎呀哎呀，真是敗筆啊。早知道會變成這樣，或許不出現在你面前才是上策。」

「…………」

「史萊姆是我幹的好事。所以你應該也知道我的目的了吧？畢竟──你用那種方法破解了我的企圖。」

無論什麼攻擊都能無效化的原始史萊姆。

為了迅速打倒牠——只能使用右手的力量。

所以席恩用了。

使用詛咒之力——「真呼吸」(No breath)。

只不過。

是以被切斷的右手發動能力。

多虧如此——席恩才沒有將聖劍吸收，而是完好地得到它。

「你準備那隻史萊姆……是為了讓我吸收聖劍吧？還有那把可稱之為原型的聖劍也是。」

「正確答案。」

諾因說道：

「原型啊……這形容真貼切。那把劍的確是類似原型聖劍的東西，完全沒有其他多餘的能力——是只為了被你吸收才做出來的。」

「做出來……那把聖劍果然是你……」

「是啊，沒錯。而且……不只那一把。散落在這塊大陸上的聖劍，每一把都是——我做的。」

「你說什麼……？」

席恩開始感到口乾舌燥，心跳加速。

他一邊拚死壓抑內心的慌亂，一邊詢問：

「那麼你是——」

「嗯，是啊。我就是所謂的神。」

很乾脆。

諾因極為乾脆地說道。

「…………」

席恩——卻一句話也沒說。

儘管難以置信的想法非常強烈，卻又能接受這種說法。或許席恩在內心深處，早已發現了這件事。

「啊哈哈，總覺得有點害羞。不管說了幾次，還是不習慣。居然說自己就是神，這話不該由自己說吧？嗯……不過也只能自己說了……唉，真是的。早知道就該帶愛特娜一起來，讓她在這種時候擔任解說員才對。」

愛特娜。

上一任魔王。

席恩殺死的魔王。

她還是人類時的名字——還是勇者時，名字就叫愛特娜。

前一陣子的武鬥大會上。

席恩在諾因的引導下，前往異空間，並且見到人類時期的她。席恩就這麼和理應死去的她再度對談。

不對。

如果眼前的少年是神，會有那般不合常理的能力，席恩也能接受。

與其說可以接受，更像是只能接受。

「……沒想到你承認得這麼乾脆。」

「因為否定也沒用啊。就算我現在否定，你總有一天也會抵達真相。應該說……你應該已經隱約察覺到了吧？」

「…………」

「看吧。所以我模糊焦點已經沒有意義了。」

諾因聳了聳肩，自嘲般的笑著。

「最近我為了你，試著做了很多事……但說實話，全部都是下策。不管我做什麼，都只有反效果。最大的失策，就是史萊姆那件事。」

諾因夾雜著嘆息繼續說：

「我大概也是有點急了。因為這是第一次嘛——我第一次遇上這麼難控制的勇者。所以我才會過度主動惹事……結果，就是那場大失態。我真是完全被你比下去了。」

「…………」

「你根本無法預測。在那種狀況、那種狀態下，居然還察覺到我『想讓你吸收放在史萊姆體內的聖劍』，然後使出那種手段。我還以為你心地這麼善良，就算察覺我的企圖，也會為了保護身後的同伴，使用右手的力量……結果你卻遠遠超越我的料想。」

「…………」

「所以我現在是在誇獎你，同時也是投降。我輸了，輸了啦。你真的是個了不起的傢伙。」

諾因一邊說著過度的誇讚，一邊拍手。

拍手聲空虛地迴響著。

「……有夠假。你有什麼企圖？」

「沒有啊。我倒希望你能夠虛心接受。那把聖劍——那把原型聖劍被你奪走，對我來說是損失非常慘重的失敗。」

諾因一臉沉痛地繼續說：

「當初我滿腦子只想著要用來被你吸收，才急就章做出那把聖劍。所以它和其他聖劍不同──擁有太多線索在裡面了。是和我有關，和我的目的有關的線索。」

「目的……」

「也因為這樣，我才想說稍微死不服輸一下，稍微給你一點難堪，自己主動過來揭開所有真相。與其讓你自己察覺，不如我先說出來──」

「你的目的，就是要──把我變成魔王嗎？」

席恩說道：

「要是我持續收集聖劍，用右手的力量吸收它們──我總有一天會變成魔王對吧？」

「…………」

「就跟以前的勇者一樣。」

諾因瞬間露出驚訝的面容，接著大大吐出一口氣。

「唉……已經太遲了嗎？真有一套啊，神童。居然連死不服輸的機會也不肯給我。」

「這沒什麼。只不過是沒有根據的推測。」

席恩並不是謙遜，只是實話實說。

他無憑無據。

可是──有著促使他確信的事物。

最大的線索，就是愛特娜的存在。

也就是席恩殺死的魔王。

她原本是個人類——同時也是個勇者。

她是為了眾人，而和魔物作戰的勇者。

殺死上一代的魔王之後，她被詛咒了。

成了和現在的席恩相同的體質，淪落為光是存在於此，就會啃食周遭性命的害獸。

接著和席恩一樣，被曾經信賴的夥伴背叛，被過去拯救的人民迫害，受到歧視和汙衊——到了最後，她開始詛咒世界。

從那個瞬間開始，她就成了新的魔王。

（我殺死的魔王，過去是個勇者。是打倒上一代魔王的勇者。）

那麼——在之前呢？

愛特娜打倒的魔王，過去是——

「所謂的魔王，就是受詛咒的勇者的末路……對吧？殺死魔王的勇者會因為詛咒，變成新的魔王。」

席恩以堅毅的口吻拋出這段話：

「勇者變成魔王，然後殺死那個魔王的勇者，會成為下一個魔王……這種事過去在這塊大陸上已經重複幾次了？」

「八次……不對，是九次吧。」

諾因說道：

「你殺死的魔王——愛特娜是第八個魔王。所以席恩，你是第九個。」

「…………」

八次。

感覺好像很多，又好像很少，是個難以評論的數字。

就席恩所知的大陸歷史，包括愛特娜在內，已經確認有五位魔王。

照這個樣子看來，還存在著遠在這些紀錄之前的魔王——而且還有殺死那些魔王的人。

「永無止境的魔王和勇者的故事……撰寫這部故事就是我的目的，也是使命。」

「……為什麼？」

席恩問道。

「這種事有什麼意義？」

即使知道目的，他的企圖依舊不明瞭。

他是為了什麼，要把席恩變成魔王？

他是為了什麼，要不斷重複勇者和魔王的故事？

「沒有任何意義啊。純粹是因為這個世界……就是這樣構成的。」

「這樣構成的……」

「就像水由高處往低處流，雲乘著風流動……勇者和魔王的故事也同樣會重複。因為重複，這個世界才得以正確循環。只是這樣罷了。」

「…………」

「你的臉上寫著『我不懂』耶。但我也只能這麼說。這個世界一直都是這樣構成的。世界就是這樣——由我一路維持過來的。」

諾因輕描淡寫地說著。

不知道他究竟是解釋給席恩聽的，或純粹只是自言自語——總之他只用了自己的角度在闡述，讓人難以判斷。

「『聖劍』和『魔王的詛咒』……我想你應該也已經察覺了，兩者其實是一樣的東西。只不過向量相反，本質是一樣的。」

「……所以如果持續吸收聖劍——就等於離魔王越來越近嗎？」

「沒有錯。說得更清楚一點，將原本完整的力量分離後，就是『聖劍』和『魔王的詛咒』。」

將原本完整的力量分離。

將一個完整的東西弄得七零八落——

「力量受到分離的影響，處在不穩定進而失控的狀態，這就是勇者承受的『魔王的詛咒』的真面目。因此只要透過吸收聖劍，那種不穩定的狀態就會逐漸緩解。」

「…………」

因為吸收「聖劍梅爾托爾」，席恩的詛咒有了些微的弱化。

他原本以為是因為聖劍的聖屬性抵銷、中和了詛咒，但現在看來，他料錯了。

應該是——完全相反。

吸收越多聖劍，便能成功抑制那股力量。

能夠抑制——換言之，就是那股力量已經更融為自己所用。

（「聖劍」和「詛咒」。）

席恩想起從前和瓜的對話。

「祝」和「呪」。

這兩個東方的文字結構非常相像。

相似的理由——是因為它們本質相同。

都是偏離人類理解範疇的超常力量。

倘若對人類有益，就稱作「祝」；倘若對人類有害，則稱之「呪」。

這樣看來「聖劍」和「魔王的詛咒」——也是一樣的道理。

本質相同。

人卻因為自己的好惡，改變稱呼。

「神明憐憫人類脆弱而授與的寶劍」，人們創造出這種對人類擁有正向含義的故事，然後深信不疑。

「只要一一收集四散的聖劍——將分散的力量合而為一，就可以控制詛咒之力……同時那個人也會變成魔王。」

「…………」

席恩想起來了。

過去和他對峙的魔王這一存在。

她和現在的席恩一樣，光是存在就會吸取他人的生命。

席恩當時是以持有的聖劍「梅爾托爾」與之對抗——然而魔王的力量卻並未影響同族的魔王軍。

因為魔王——能夠控制能量掠奪。

「過去的勇者都對世界絕望，成了魔王，沒有人例外。」

諾因說道：

「死命拯救世界後，落入詛咒之中，同伴和人民說翻臉就翻臉……他們遭到流放，遭到迫害，墜入孤獨……最後每個人的心都棲息了魔性。」

「…………」

席恩想起來了。

想起過去的自己──那個剛受到詛咒的自己。

想起差點對世界絕望的自己。

「他們一發現聖劍這條線索，不惜犧牲一切，也要收集聖劍。即使是往昔同伴也照殺不誤，只為了變回原本的身體──卻沒有注意到，從他們變得那般自私開始，就已經偏離過去想拯救世界的自己了。」

席恩無法責備他們。

因為他深切了解──想咒殺整個世界的孤獨。

他也明白如果能變回原本的身體，要犧牲什麼也在所不惜的心情。

但這是多麼諷刺的一件事啊。

無論犧牲什麼也要變回原樣。

想取回身為勇者的自豪和榮耀。

當這樣的執著越深──就越是偏離身為勇者的自己，同時越是墜入魔道。

「之所以準備了好幾把聖劍，也是為了這件事。當被詛咒的勇者執著在聖劍這個希望上，便會成為為了希望而犧牲一切的修羅，在收集聖劍的過程中，他們不斷鬥爭，最後就會變成對自己、對世界絕望的魔王。毫無例外……本來應該是如此。」

諾因極為無奈地說著。

「席恩……除了你。只有你——沒有照著劇本走。」

「…………」

「我第一次遇到你這種勇者。就算你被詛咒、被迫害，就算你變成死也死不了的怪物，就算你看盡人類這種生物有多醜惡、多駭人……依舊希望自己的心靈至少還是個勇者。」

這道聲音夾雜著讚賞和侮辱的色彩。

稱讚著席恩的美好，同時唾棄他太過美好，令人作嘔。諾因清楚地表現出這樣矛盾的感情。

「所以我才不得不行動。畢竟我不能在這種地方讓持續至今的故事，讓一路撰寫過來的故事結束。」

「…………」

「所以我主動介入了——結果就是這步田地。真是的，人果然不要做不習慣的事比較好。」

「……那還真是遺憾啊。」

席恩傲慢地說道：

「感謝你這段冗長的高談闊論，諾因。託你的福，原本不確定的推論都有了解答。」

「不用謝我。就像我一開始說的那樣，這是讚賞，也是投降。同時……更是宣戰。」

「什麼……？」

「我現在知道像過去那樣站在中立位置俯視，根本不能把你怎麼樣。所以我投降。這個立場的我投降……但下次開始，我會確確實實站在和你敵對的位置上。」

諾因說道。

他的眼神和過去稍有不同，開始出現敵意。

原本不穩定，無從掌握的詭譎氣息有了指向性——他的一切都轉化為明確的敵意，筆直射向席恩。

「我一定會把你變成魔王。我不能讓延續至今的故事在這種地方結束。」

「……誰理你。」

席恩說道：

「什麼勇者、魔王……我才不管那些。我會以我自己的身分活下去。和那些……認同這樣的我的人一起。」

「呵呵，我就知道你會這麼說。」

諾因笑得極具挑撥氣息。

「到頭來，她們的存在還是很重要。因為有她們把你從真正的孤獨當中救出來，你才尚未對這個世界絕望。」

「…………」

「但正因為這樣，你不覺得為了她們，更要變回原本的身體嗎？只要變成魔王，控制住詛咒，用那股力量支配世界，然後再把她們當成部下就行了。就像愛特娜過去那樣。」

「那有違我的期望。而且……也有違她們的期望。」

席恩沒有一絲迷惘地說道：

「我才不需要世界。我只要有個和家人同住的家就夠了。」

「就算要一直挺著這副不自由的身體？」

「這副身體我也會想辦法解決。」

「怎麼解決？」

「想盡所有辦法。」

席恩說道：

「至少我無意走在你準備好的道路上。我一定會靠我們自己的力量解決給你看。這是為

了和她們活下去……也是為了和她們一起死。」

「呵呵呵，你也真是的……居然說出這種聽了讓人害臊的忠貞告白。就算是因為她們不在，你會不會也變得太坦白啦？」

「……閉嘴。」

席恩瞪著嘲笑他的諾因。

接著轉身。

「再見了，諾因。可以的話，你暫時都別出現了。」

「別說這麼無情的話嘛。反正我們馬上又會見面了。」

說完這句話，席恩開始舉步往前。

他沒有回頭。

只看著前方，往家人等待的場所走去。

席恩離開之後——

諾因在原地站了好一陣子。

他以不知道看著何方的眼神，無神地仰望天空。

「……唉。」

他憂愁地吐出一口氣。

不過嘴角卻揚起一抹微笑。

「真是的，他實在很不受控制。」

他並不是對著某人傾訴，只是輕聲自言自語。

「這是我第一次碰到這麼多挫折。不過換個角度想……代表每個人類無時無刻都品嘗著這種滋味嗎？若是如此，那或許是個寶貴的經驗。」

他喃喃自語。

「說不定這反而是一件幸事。獨立思考，擁有自己的意志，用自己的腳走在自己的道路上……他這麼獨立，或許我應該老老實實開心，然後褒獎他。」

不過呢——

諾因繼續開口。

他的微笑依舊掛在臉上，但眼神蘊藏著些許煩躁。

「雛鳥要離巢還為時尚早啊——第九任（諾因）。」

他——

諾因這麼說道。

神——如此說道。

他將名為席恩的少年稱作「諾因」。

「諾因」。

那是古代神語，意思是九——

「再會了，諾因。當我們下次相會，就讓我用這個我取的名字叫你吧。我心愛到令人憎恨的獨生子。」

神在黑暗當中消融，然後消失。

他所說的話並未傳進神童——神之子的耳中。

目前還沒有——

尾聲

隔天早上——

「啊哈哈！來，這邊，過來這邊！」

菲伊娜和幼犬魔獸正在帳篷旁邊玩耍。

他們一下子跑來跑去互相追趕，一下子丟出隨便撿來的木棒，讓小狗撿回來。

「還真黏人啊。」

「誰黏誰？」

「兩邊都黏。」

「嗯，妳說得對。他們看起來都很開心。」

伊布莉絲咬著早餐的麵包，事不關己地說著。瓜則是拿起自己愛用的茶杯喝茶。

「菲伊娜真是的，受不了她……」

雅爾榭拉一邊無奈地說著，一邊替席恩倒紅茶。

「我真的嚇了一跳。早上一醒來，發現菲伊娜不見，而且還和一隻魔獸睡在外面。希望她不要玩著玩著……就提出想帶回宅邸養的要求。」

「這點應該不用擔心。」

席恩隨意說道。

其實這個話題昨晚就已經宣告解決。

菲伊娜也能夠接受，現在已經不會鬧脾氣央求了。

「那麼席恩大人……關於這個溫泉，您打算怎麼處理？」

「不怎麼處理。妳就據實以告吧。」

席恩說道。

「交出溫泉水和土壤的樣本，告訴他們『魔素濃度太高，根本無能為力』。剩下就看他們怎麼判斷了。我猜十之八九應該會放棄開墾吧。」

「那麼這塊地方就保持原貌了，是嗎？」

「是啊。」

當他們說到此處——

「什麼！不開發這邊的溫泉了嗎！」

菲伊娜大聲叫道。

席恩剛開始還以為她會很失落，沒想到完全相反。

她的表情看起來非常開心。

「是……是啊……畢竟這裡魔素濃度太高，人類實在無能為力。其實也不是不能勉強開發啦……但應該沒有人想花那麼多錢開發。」

「這樣啊，太好了～」

「……菲伊娜，妳是怎麼啦？我記得妳不是很期待這裡變成熱鬧的溫泉地嗎？」

「一開始是這樣沒錯啦，可是現在遇到這隻小狗了啊。」

菲伊娜說著，一把抱起小狗。

「如果人類要把這裡變成觀光地，這一帶的魔獸不是會被除掉，就是被趕走吧？這樣的話，這隻小狗就無家可歸了……所以我現在覺得開發的事情告吹很棒。」

「這樣啊。」

「而且啊，既然人類不能來這裡……就代表這裡是專屬於我們的溫泉，對吧？」

「嗯……這樣啊。的確是這樣。」

「對吧？這個結果好太多了。私人溫泉聽起來不是很讚嗎？」

菲伊娜開心地露出微笑。

「我們專屬的溫泉嗎？不賴啊。」

「既然要專屬，我們蓋一棟別墅吧，少爺。這裡當避暑勝地剛剛好嘛。」

凪和伊布莉絲也釋出樂見其成的反應。

「也對。我考慮考慮。」

席恩點點頭。

（專屬我們的溫泉啊……）

席恩想都沒想過，但搞不好意外地不錯。

五個人再度一起前來泡溫泉。

未來要來幾次都行——

「真不愧是小席大人，就是通情達理。」

「……不過下次開始要禁止混浴。我會確實分出男湯、女湯。」

「咦～事到如今還要說這種話嗎？」

「席恩大人，您怎麼這樣……難得擁有我們專屬的溫泉了，居然要取消混浴……」

菲伊娜和雅爾榭拉發出悲嘆，席恩決定不理她們。

這時候——

事情發生了。

「……嗯？」

席恩察覺有氣息——從遠方而來。

（魔獸……？不，不對。）

這是人類的氣息。

「好像……有人過來了。」

「菲伊娜，妳也感覺到了嗎？」

「嗯，應該有十個人吧？」

「是啊。似乎也不是……誤闖進來的人。他們成群結隊，統一步伐，筆直往這裡靠近。」

只要集中精神，席恩可以掌握這個集團某種程度的情報。

人數正好十個人。

他們全是體魄經過鍛鍊的男人，所有人都帶著武器。

（如果是山賊……那也未免太整潔了。應該是傭兵吧。）

傭兵為什麼要上這座山？

想得到的理由——只有一個。

（…………）

隨後席恩認真集中精神，成功捕捉到這個集團的對話了。

『話說回來，完全沒出現耶。說什麼這裡是強悍魔獸的巢穴，到底是誰吹噓的鬼話啊？』

『我們好歹都全副武裝來了，有夠掃興。』

『別說傻話了，魔獸不出現才好吧？』

『就是啊。只要照這個情況登頂，然後調查一下溫泉，光這樣就可以輕鬆賺到錢了耶。』

『哼，無聊死了。這樣根本不夠我發洩。虧我以為可以久違地獵捕魔獸，卯足了勁過來耶。結果出現的魔獸只有昨晚那隻像小狗一樣的雜碎。』

『明明沒能宰了那隻雜碎，你還有臉說。』

『啊啊？才不是，我是故意放跑牠的。只要像那樣給小孩子苦頭吃，牠的父母親搞不好就會為了替小孩討公道出現了啊。』

『原來如此，真不愧是哥兒們。所以你才特地放牠瀕死逃走。』

『這種手段在獵捕魔獸的時候意外管用。雖說是魔獸，還是很寶貝孩子。只要有小孩快死了，整個集團就會從四面八方冒出來。而且牠們為了保護瀕死的孩子，動作不會那麼敏捷，打起來超爽的。』

『哦，真不愧是獵捕魔獸的專家。』

『受不了，真是一群粗人。』

席恩靠感應能力知曉集團對話後，在心裡咂了舌。

（……是我害的。）

那些人大概是某人為了調查溫泉而雇來的傭兵。

在席恩的威嚇之下，這座山現在幾乎沒有魔獸。

所以才會被輕易入侵——讓他們得以靠近山頂。

而且。

也因此——

（小狗受的傷……我就覺得很像是被利刃砍過的傷。）

犯人似乎是那些傭兵當中的其中一人。

那隻小魔獸在席恩的威嚇之下，晚了一步逃走，結果在山中徬徨時遇上傭兵們，就這麼慘遭砍傷。

（……可惡。）

其實——他們那些人並沒有錯做什麼。

魔獸是人類的天敵，也是害獸。

就算殺了魔獸，也不會被法律懲罰，更不會有人抱怨。

不管以多麼殘忍的手法將之殺害，即使是抱著玩樂心態殺害，也無法定論那是惡行。

他們完全沒有過錯。

然而——

席恩卻感覺到一股無從發洩的不快埋入胸中。

同時，擁有同樣感覺的人——現場還有一個。

「……嗯～這樣啊。」

菲伊娜以冰冷的口氣說著。

「原來就是他們砍傷了這孩子。」

她說完這句輕描淡寫得不自然的話語後，將抱在手上的小狗放回地面。

「……喂，菲伊娜。」

「小席大人，你放心吧。我不會殺人的。」

席恩不安地出聲。只見菲伊娜平靜地這麼說。

她胸中懷抱著怒火應該是錯不了，但似乎還沒氣到忘我。

「小席大人，我問你喔。我們現在的方針是完全放棄把這裡變成溫泉觀光地對吧？」

「……是啊，我是這麼打算的。」

「是嗎？那這樣正好。」

菲伊娜自顧自地下達結論，開始往前走。

「那我稍微過去一下。啊，小席大人，你不要跟來喔。」

因為我不太想被你看見。

就這樣。

菲伊娜拋下這句話，一個人離開山頂往下。

（不想被我看見，那傢伙該不會是想……）

就在席恩想通的同時——

「菲伊娜那傢伙，打算用那個嗎？」

「應該是吧。」

「上次用是什麼時候啦？」

伊布莉絲、凪、雅爾榭拉也察覺她的企圖了。

由十個人組成的傭兵集團統一步伐，一步一步往上爬。

他們是附近領主雇來的人。

目的是調查溫泉地。

那位領主以前就看上了溫泉事業，過去曾派遣好幾次調查隊。

但結果——卻是全數失敗收場。

調查隊人數較少，一遇上魔獸群出現，全都無計可施，只能落荒而逃。

領主一氣之下，用錢收買一群擅長討伐魔獸的傭兵，組成即席部隊。

因此他們是僅限這次，只為了錢財而來的傭兵集團。

他們已經收取了訂金，所以才能重裝上陣。

然而做好萬全準備，來到這座山之後，等著他們的結果卻是完全撲空，一隻魔獸都沒出現。

有人生性樂天，覺得輕鬆就賺到一大筆錢；有人感到失望，覺得好好的戰鬥機會飛了；有人則是——將好不容易發現的小魔獸砍得半死，試圖吸引父母親出現。

他們只是為了錢財組成的團隊，沒有人想被指使，就這麼各自為政，往山頂前進。

然而——

就在距離山頂僅剩十幾分鐘路程的地方，他們全停下了腳步。

「……嗯？」

「小心點，有東西在。」

「那是啥？」

山道前方——有一隻魔獸。

四隻腳的魔獸。

體型看起來像狼，可是毛色很淡，是接近黃色的色調。

那隻魔獸佇立在道路中央睥睨著他們。

感覺——就像要阻擋他們的去路。

「嘿，魔獸總算登場了。」

「真是太好了，否則再這麼下去，我好不容易新買的武器就派不上用場了。」

「喂，別大意。照事先說好的行動吧。」

「哈哈哈，別說傻話了。對付區區一隻魔獸，哪需要用到陣型啊？」

「我有同感。對付那種貨色，一個人就夠了。」

「那誰要上？」

傭兵們輕佻地互耍嘴皮子。

這時候——

「喂，你說……那隻狼該不會是你昨天砍傷放跑的小狗父母吧？」

「哦……這樣啊。那隻狗崽子乖乖跑回去跟爸媽哭訴啦？嗄哈哈，雜碎還是有雜碎的樣子，完成我指派的工作了嘛。」

一個塊頭比其他人大上一圈的男人，從隊伍當中走出來。

「你們都別出手。那傢伙是我的獵物。」

男人從背後拔出一把長度幾乎和他身高相同的大劍。

大劍的劍腹有著無數傷痕，劍刃卻經過仔細打磨。整體保養得非常確實，劍刃沒有一絲缺口。

那是陪著男人一路越過許多艱險場面的愛劍。

「你是來替孩子報仇的嗎？或者只是來驅趕外敵……算了，是什麼都沒差了。」

男人拿劍擺好架勢。

「我好久沒有獵捕魔獸，你可要讓我好好享受一番啊。」

男人舉起大劍，往前踏出一步——的前一刻。

咻的一聲。

有某種東西穿過男人的腋下。

這件事只發生在男人的腳抬起之後，落地之前的短短一瞬間。

在場沒有一個人看得見那東西的動作。

「咦……？奇怪……？那傢伙死哪去了……？」

男人首先因為理應在正面的狼消失無蹤，而備感困惑。

接著下一秒——

「什……喂，你……那是怎麼了……？」

身後的某個人以顫抖的聲調詢問男人。

「啊？什麼怎麼了？」

「你還問……你的劍啊！」

「劍？我的劍怎——呃！」

經他人伸手指出問題點後，男人終於發現了。

沒了。

刀身消失了。

男人的劍只剩下他緊握著的劍柄，以及原本修長的劍身根部，其他部分完全消失無蹤。

此外劍上的斷面——俐落得讓人毛骨悚然。

那何止是用銳利刃器斬斷而已。

看起來彷彿這把劍打從一開始就是那個樣子，男人的大劍前端幾乎不復存在。

「這……這是怎樣啊……！」

見到愛劍悲慘的模樣，男人在驚愕之中發出慘叫。

「這、這到底是怎麼了！我的……我的……劍……」

「……嗚……嗚哇啊！」

下一秒。

男人背後的傭兵們也發出近乎慘叫的叫聲。

因為他們找到了。

原本應該在正面的黃色的狼，就在他們的身後。

「這、這傢伙……是什麼時候……」

「喂……牠嘴裡咬著的東西該不會……」

傭兵們發出慘叫的理由——並非只因為狼突然出現在背後。

而是狼的嘴裡。

牠的嘴裡——有著大劍的劍身。

那隻狼咬著魁梧男人握在手裡的劍的前端。

接著——

啪嘰。

狼毫不猶豫，毫不留情，宛如誇示自己的力量，直接咬斷劍身。

那把劍是以強韌的鋼鍛造而成，狼卻一口就將其咬得粉碎。

吼嚕嚕——

狼隨著這聲低吼，吐出劍的殘骸。

「噫……」

「啊……啊啊……」

「這傢伙……是……怎樣啊……！」

傭兵們的表情全被恐懼支配。

少部分的人甚至感覺隨時會癱坐在地。

「唔……不、不要怕！」

「小心一點！那隻狼可不是普通的魔獸！」

「冷靜一點！快拿起武器！照事前說好的計畫行動！」

有幾個人英勇地信心喊話，振奮整個集團的士氣。

嚇傻的人因為那些聲音，眼裡點燃戰意。

他們紛紛拿出武器，擺出陣型——應該是試圖擺出陣型。

動作卻實在太過緩慢。

不對。

即使動作不慢——即使他們打從一開始就保持戒心，認真應戰，最後的結果依舊不會改變吧。

面對壓倒性、絕對性的力量差距，想必什麼都不會改變。

咻。

又有一陣風穿過他們之間。

那是——狼的疾馳。

那隻狼以迅雷不及掩耳的速度穿越他們之間的縫隙。

而且和剛才一樣——瞄準他們的武器攻擊。

這次不只對一個武器下手。

牠運用利牙和尖爪將他們的武器全數奪走，並破壞。

當他們擺好陣型時——

他們的手上已經沒有武器了。

武器悉數被咬得面目全非，被爪子切碎，沒有一個武器留下原貌。

「什……」

「噫……啊……啊……」

「……嗚……嗚哇啊啊……」

「救……救命啊……」

他們剛開始是驚愕，但馬上就醒悟敵我之間的絕對差距——被迫強制產生自覺。

傭兵們被恐懼與絕望壓垮，全身動彈不得。

這時候，那隻狼緩緩往前。

「……滾。」

聲音。

人類的語言從銳利的牙間流淌出來。

當狼嘴吐出極為憤怒言語的同時，牠的身體也爆發出懾人的魔力。

「愚蠢的……人類們……！」

接著毛皮——

原本看似淡黃色的毛皮，變成耀眼的類金色。

散發耀眼光輝的狼藉放龐大魔力的同時，身體也慢慢巨大化。

那隻金色的狼體型最後巨大到足以活吞人類。

傭兵們和如此猙獰的怪物對峙，靈魂被植入一股至今尚未體驗過的恐懼，只能顫慄地佇立在原地。

「滾出……這裡……！」

狼在激怒之下吼完，那張巨大的嘴巴又立即發出懾人的咆哮。

在聲波的震動下，顫慄的傭兵們總算恢復身體自主權。

男人們回過神來，一邊發出慘叫，一邊爭先恐後地倉皇逃走。

菲伊娜大概十分鐘後返回。

「呵呵呵，我把人都趕走了喔！」

她的心情大好。

「……妳變回那個樣子了嗎？」

「嗯，對啊。」

那個樣子——就是指狼的型態。

具有金色毛皮的傳說魔狼。

魔狼擁有彷彿射穿萬物的眼光，以及銳利的爪牙。軀體既強悍又強韌。

所見之人都會恐懼不已，既殘忍又凶惡的野獸姿態——

「說是這麼說，其實只有身體變回去。要是他們昏倒，我也傷腦筋，所以我壓抑著大部分的魔力。其實就是學小席大人的威嚇啦。」

看來菲伊娜是藉著現出原形，趕走那些傭兵。

她選擇和席恩一樣的做法，以威嚇的方式將外敵趕出這座山。

「呵呵，不過我想替這孩子報仇，稍微演了一點戲整他們就是了。我開口說『愚蠢的人類』什麼的，假裝自己是山神。呵呵呵，那幫傢伙看起來都快嚇死了，應該不會再靠近這座山了。」

「…………」

「啊，不過你不用擔心，我一個人都沒殺。我只破壞了他們的武器。」

「……是嗎？那就好。」

不對，這樣好嗎？

席恩開始煩惱。

其實他心中有那麼一點同情那些傭兵。

和傳說中的魔狼對峙已經夠恐怖了，還受到恐懼加乘的惡整……這大概會造成一輩子的心理陰影吧。

他們搞不好再也無法和魔獸戰鬥了。

「要是他們逃到鎮上，拜託他們一定要大肆宣傳喔。要說『那座山住著不得了的怪物』。這麼一來……」

菲伊娜說著，再度抱起來到腳邊的小狗。

「這孩子就不會再被攻擊了。」

「……是啊。」

看見那張得意的笑臉，席恩也只能笑了。

只要交出魔素濃度的採樣，這個地方不適合開發成觀光地的事實就會傳遍這一帶。

要是再多一個八卦說這裡住著不得了的怪物，應該就不會有人動腦筋想開發這裡了。

屆時案主會收回開拓懸賞金，不會再有人接近這座山。

「嘿嘿嘿，太好了，已經沒事了喔。」

菲伊娜像捧著寶貝一樣，用臉頰磨蹭著小狗。

「咦……等……奇怪！怎……怎麼啦……？」

才剛開始磨蹭，原本乖巧黏人的小狗突然開始在臂彎中亂動。

牠從菲伊娜手中跳到地面，然後頭也不回地跑走。

牠的奔跑方向前方——是一群魔犬。

牠們躲在林木之中，不斷窺伺著席恩他們。

跑走的小狗去到群體中體型最大的魔犬腳下。而魔犬也關愛備至地舔著小狗的毛。

「是那孩子的母親和家人嗎……？」

「應該是吧。」

大概是因為威嚇失效，牠們又回到這座山了。

又或者——是為了尋找失散的孩子，才鼓起勇氣回來。

小狗回到群體當中，非常有精神地跑跳。

「……牠看起來好開心。」

菲伊娜露出複雜的神情。

「怎麼？妳不高興嗎？」

「沒有，我很高興啊……可是，牠那樣頭也不回地跑走，我覺得心情好複雜。這樣和我相處的時間又算什麼啊……」

「和妳相處的時間……不就一個晚上而已嗎？」

「其實……我本來做好心理準備，想說分開的時候，我一定要狠下心來。要是看到那孩子哭著跑過來，我要演一齣戲，吼著『我最討厭你了！快滾回同伴身邊去！』然後把牠送回去……」

「……原來妳一直在想這種事啊？」

「可是啊……沒想到牠會毫不留戀地跑回去。難道你和我只是玩玩的嗎？可惡！陪睡一晚之後，就沒用處了嗎！」

菲伊娜表現不甘心的方式令人匪夷所思。

「妳也不用怨成這樣吧？」

席恩安撫似的說道：

「和家人在一起才是最好的。」

「……嗯，你說得對。」

菲伊娜點頭，輕輕微笑。

「唉～喲～這件事告訴我，人果然不能劈腿。我還是……應該好好疼愛小席大人。」

菲伊娜調皮地說道，接著試圖抱緊席恩，害得席恩急忙閃避。

「別鬧了，我可不是狗。」

「噗～小席大人是小氣鬼。」

「菲伊娜，妳要適可而止。妳沒看到席恩大人不喜歡嗎？」

「沒錯。把主子當狗，實屬大不敬……」

菲伊娜一臉不服氣，雅爾榭拉和凪語出告誡。至於伊布莉絲則是咬緊牙關忍著不打呵欠。

席恩大大嘆了口氣後——面對那群魔犬。

「……抱歉了。」

他道了歉。

儘管明白雙方語言不通，他依舊開口道歉。

「抱歉，我們不該闖進你們的地盤，還嚇跑你們。不過……我們已經要走了。我們無意繼續打擾你們生活。而且我猜……以後再也不會有其他人類踏進這座山了。希望你們放心生活。」

只不過——席恩補充。

「如果你們不介意，麻煩再把溫泉借給我們泡吧。」

那群魔犬沒有回應。

牠們並未咆哮，就這麼消失在森林中。

「……牠們有聽懂嗎？」

「不知道，有聽懂就好了。」

菲伊娜說道。

「居然對魔獸說那種話……少爺你真的是個乖乖牌耶。」

「真不愧是主公。」

伊布莉絲苦笑，凪則是恭敬地稱讚。

「……席恩大人，我們下次再來吧。」

面對雅爾榭拉的這句話，席恩點頭回了聲「好」。

「好了，回家吧。」

回我們的家。

席恩他——

這麼說道。

他們拿起各自的行李，邁開步伐。

短暫的旅行宣告結束，他們準備返回一家人生活的家中。

後記

我認為會變成小說家的人，往往都是喜歡獨處的人。因此要分類的話，我也算是喜歡默默一個人工作的人。我是那種不喜歡被人使喚、也不喜歡使喚別人的人，所以才會立志成為作家。

我喜歡獨處。可是我認為喜歡獨處跟落單是兩件不同的事。獨處的時間很重要，但這不代表喜歡孤獨。要是沒有朋友、家人、親戚，真的是孤孤單單一個人，一定說不出他「喜歡獨處」這種悠哉的話。正因為我並非真正的孤獨，才說得出「喜歡獨處」這種話。我想這是一件非常幸福的事吧。

話說回來……其實小說家出乎意料地有很多善於溝通的人。我以前認為作家一定是一群不善言辭的陰森人種的集團，結果一出道才知道，意外有很多開朗、善於交際且精明能幹，有常識的人。走紅的人也大概都是這類人……此外編輯也跟我說，這一行其實最注重人性，我有時會覺得「搞什麼啊？跟原本講的不一樣耶」，有時又不這麼覺得……

事情就是這樣，我是望公太。

這是被稱作神童的勇者和女僕姊姊相處的故事，來到第四集了。這次戰鬥劇情公休，以日常喜劇為主。其實簡單來說，就是我想寫溫泉劇情啦。再說得更清楚一點，其實就是我想讓繪師畫溫泉場景的插圖啦。

接下來是打廣告。

廣播劇會和第四集一起發售！詳情請上官方網站，或看第四集的書腰！另外漫畫版也在《月刊Comic Alive》上佳評連載中！近期也預計會出單行本，請大家多多支持（註：以上皆指日文版）。

以下開始是謝詞。

責編T大人，這次也受您照顧了。我真是……該怎麼說呢？真的是受您照顧了。未來我會小心……插畫家ぴょん吉大人，這次也非常感謝您提供如此出色的插圖。您的每一張圖，不管是彩圖還是黑白圖都非常棒，我很感動。

我還要獻上最大的感謝，給購買這本書的讀者們。

那麼我們有緣再見吧。

望公太

Character Design

Genius Hero and Maid Sister.

介紹ぴょん吉老師筆下四名女僕們的魔族姿態設計稿！

菲伊娜

Feina

雅爾榭拉

Alsheera

Back Style

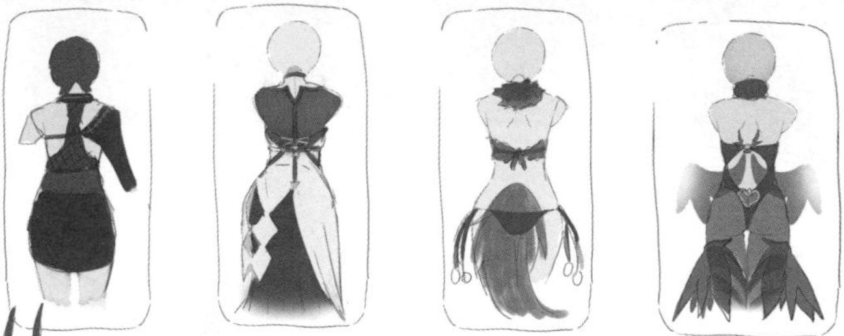

凪

Nagi

伊布莉絲

Ivlis

神童勇者的女僕都是漂亮大姊姊!?

Genius Hero and Maid Sister.

下一頁將開始

原案：望公太 × 漫畫：ぴょん吉

特別收錄

原作搭檔獻上的

促銷用漫畫四頁!!

Presented by Kota Nozomi

Illustration = pyon-Kti

極惡魔王
被勇者打倒。
當時勇者年僅——十歲。
這名擁有超群才能的神童
為世界帶來了和平。
然而…
因為「某些苦衷」，
少年被剝奪勇者的稱號。
被放逐出王都。
被人們疏遠。
被迫在遠離人居的
森林深處過著隱居生活——
席恩大人。
我把您要的
書帶來了。
雅爾榭拉
統率照顧席恩的女僕們。
個性溫文爾雅，
而且非常性感的大姊姊。
好，
謝謝妳。

啊嗯！
嗚……
嗚哇啊啊！
哎呀？您已經滿足了嗎？
我……
我可不是故意的！
是意外！
所以，那個……
…對…
對不起。
心動…
張口…
舔舌
請您不必放在心上。我是把身體獻給您的低賤女僕。
我全身上下沒有您不能摸的地方。
呼
嗚…嗯…
既然要插……不要用手，用別的部位也行……
呼～
別…
別的部位……？
呵呵呵

啊——！
雅爾榭拉真是的，妳又在猥褻小席大人了！
咀～
伊布莉絲
女僕之一。
是個怕麻煩的人兼偷懶魔，
但依舊很性感的大姊姊。
菲伊娜
女僕之一。
活潑奔放，
是個普通性感的大姊姊。
凪
女僕之一。
出身東方，生性認真，
說歸說，還是很性感的大姊姊。
剛才那只是一場意外……
大騙子，我都看到了。
像這樣……
妳故意捧起自己的胸部，看準小席大人的手然後放下去。
呼啊～
受不了，妳們兩個還是老樣子，萬年處在發情期。
哼……
妳們每個人都一樣……都是欠缺矜持的女人。
唉～
凪欸，還不是穿著超色的內衣褲……
那、那個叫作兜襠布……

您怎麼了嗎？
沒有。
呵
自從妳們來了，
我每天都好開心。
這是個——幸福的故事。
哇啊〜！
儘管勇者少年被世界遺棄，依舊過得很幸福的故事。

國家圖書館出版品預行編目資料

神童勇者的女僕都是漂亮大姊姊!? / 望公太作；楊采儒譯. -- 初版. -- 臺北市：臺灣角川股份有限公司, 2021.01-
冊；　公分. -- (Kadokawa fantastic novels)
譯自：神童勇者とメイドおねえさん
ISBN 978-986-524-200-8(第3冊：平裝). --
ISBN 978-986-524-548-1(第4冊：平裝)

861.57　　109018347

Kadokawa Fantastic Novels

神童勇者的女僕都是漂亮大姊姊!? 4

（原著名：神童勇者とメイドおねえさん 4）

2021年6月28日　初版第1刷發行

作　　者：望公太
插　　畫：ぴょん吉
譯　　者：楊采儒

發 行 人：岩崎剛人
總 編 輯：蔡佩芬
編　　輯：邱瓈萱
美術設計：黃永漢
印　　務：李明修（主任）、張加恩（主任）、張凱棋

發 行 所：台灣角川股份有限公司
地　　址：105台北市光復北路11巷44號5樓
電　　話：（02）2747-2433
傳　　真：（02）2747-2558
網　　址：http://www.kadokawa.com.tw
劃撥帳戶：台灣角川股份有限公司
劃撥帳號：19487412
法律顧問：有澤法律事務所
製　　版：巨茂科技印刷有限公司
ＩＳＢＮ：978-986-524-548-1